Els Pelgrom

Wo steckt der Elefant?

Els Pelgrom

Wo steckt der Elefant?

Mit Bildern von Philip Hopman
Aus dem Niederländischen
von Mirjam Pressler

Ravensburger Buchverlag

Die Deutsche Bibliothek – CIP-Einheitsaufnahme

Pelgrom, Els:
Wo steckt der Elefant? / Els Pelgrom.
Mit Bildern von Philip Hopman.
Aus dem Niederländ. von Mirjam Pressler. –
Ravensburg: Ravensburger Buchverl., 1995
Einheitssacht.: Het unbegonnen feest <dt.>
ISBN 3-473-34276-9
NE: Hopman, Philip [Ill.]

Gedruckt auf Papier aus chlorfrei gebleichtem Zellstoff
ohne optische Aufheller

3 2 1 95 96 97

Umschlagbild: Philip Hopman
Redaktion: Carola Henke
Gesamtherstellung: Ebner Ulm
Printed in Germany

ISBN 3-473-34276-9

Inhalt

Der Fluß

Irgendwo durch ein Tal fließt ein Fluß. Im Sommer ist er nicht viel größer als ein Bach, der ruhig vor sich hinplätschert, aber wenn es im Frühjahr regnet und wenn der Schnee auf den Bergen schmilzt, steigt das Wasser des Flusses, und die Bäume am Ufer stehen dann mit ihren Stämmen im Wasser.

An der einen Seite des Tals liegt der Elefantenberg, der so heißt, weil einst, vor langer Zeit, ein Heer Soldaten mit mehr als hundert Elefanten über den Berg gezogen war. Damals wütete eine blutige Feldschlacht im Tal, und alle Soldaten, und auch alle Elefanten, kamen um. Das geschah vor so langer Zeit, daß es nun nur noch eine Geschichte ist, die einer dem anderen weitererzählt. Das geschieht oft an den langen Winterabenden, die sich so gut zum Geschichtenerzählen eignen.

Auf dem Hügel des Elefantenbergs steht nur ein Haus, ein großer weißer Bauernhof mit Ställen im Erdgeschoß, darüber eine Reihe Fenster. Unter der Außentreppe befindet sich ein hohes Tor. Vor Jahren lebten Menschen in diesem Haus, doch nun scheint es verlassen zu sein. Das Gras auf dem Hof steht hoch und hat alles überwuchert. Auch auf den Schafweiden etwas weiter weg steht das Gras hoch, denn Schafe grasen hier schon lange nicht

mehr. In den Eichenwäldern wird kein Holz mehr geschlagen, und überall, in Gräben und auf den Wegen, liegen Äste und dürres Holz.
Auf der anderen Seite des Tals liegt der Berg mit der Baumreihe, der so heißt, weil auf seiner kahlen Spitze ein paar Bäume in einer Reihe stehen. An diesen Berg gelehnt steht ein kleines Haus, in dem noch Menschen wohnen. Es befindet sich gegenüber dem großen weißen Bauernhof auf dem Elefantenberg und ist von dort aus deutlich zu erkennen. Zwei alte Menschen leben da. Sie halten eine Herde Schafe, die von einem weißen Hirtenhund bewacht wird. Im Sommer und manchmal auch für eine Weile im Winter bekommen sie Besuch von einem Jungen.
Die Tiere, die am Hang des Elefantenbergs und im Tal an dieser Seite des Flusses leben, erzählen es sich gegenseitig, wenn der Junge wieder da ist. Sie sehen ihn mit dem Hund hinter den Schafen herlaufen oder wenn er allein mit einem Netz den Fluß entlangstreift oder Brombeeren auf der Uferböschung pflückt. Ab und zu überquert er den Fluß und läuft ein Stück den Sandweg hinauf, doch weiter geht er nicht.

Es war spät am Nachmittag, als Eichhorn ohne Schwanz allein und ziemlich weit von zu Hause entfernt einen Graben hinunterlief. Er war auf der Suche nach etwas, wußte aber nicht nach was; vermutlich nach irgend etwas, was er gebrauchen konnte. Er merkte schon genau, daß der Herbst vor der Tür stand. Wer nicht riechen konnte, würde es vielleicht noch nicht merken, aber Eichhorn, der sein ganzes Leben lang auf dem Elefantenberg gewohnt hatte, wußte es. Er wußte es, weil morgens schon mehr Tau auf dem Gras lag, auch wenn der Boden noch trocken war. Hier und da stieg der Geruch von Pilzen auf. Sie waren noch versteckt, würden aber nach dem ersten Regen herauskommen. Und überall hingen schon die dünnen Fäden zwischen den Sträuchern, die von kleinen Spinnen auf ihren Wanderungen durch die Luft zurückgelassen werden.

Als Eichhorn am Ende des Grabens angelangt war, ging er einen breiten Sandweg hinunter. Der Weg lief parallel zum Fluß. In der Ferne waren die Kronen der Weiden, der Haselnußsträucher und der Eichenbäumchen zu sehen, die am Flußufer standen. Eichhorn hüpfte geschäftig hin und her, schnüffelte überall herum und schaute nicht hoch oder zurück. Er brauchte nicht vorsichtig zu sein, denn hier im Tal, auf dieser Seite des Flusses, wußte jeder, wer er war, einfach Eichhorn ohne Schwanz, der bei Mutter Schwein lebte. Er war nur ein kleines Tier und – weil er keinen Schwanz hatte – ein bißchen häßlich. Nach dem Unglück, bei dem er seinen Schwanz verloren hatte – das war nun schon eine ganze Weile her –, hatte Mutter Schwein ihn ins Haus genommen und versorgt. Und danach war er bei ihr geblieben, genau wie noch ein paar andere Tiere.

Eilend und scharrend kam Eichhorn nach einer Weile an einen Pfad, der nach links zum Fluß führte. Am Ende dieses Pfades war eine Furt. Im Wasser lagen in einer Reihe große Steine, jeder ein Stück vom anderen entfernt. Auch dort, wo es kein Wasser gab, lagen sie im trokkenen Sand des Flußbettes. Wer nicht gerne schwamm und keine Flügel hatte, um zu fliegen, konnte hier von einem Stein auf den nächsten springen und mit trockenen Pfoten das andere Ufer erreichen.

Als Eichhorn an die Furt kam, überfiel ihn plötzlich die Lust, Springen zu üben. Scheu schaute er sich um – wenn er das tat, wollte er lieber nicht gesehen werden. Ein Eichhorn mit einem Schwanz konnte von Baum zu Baum schweben; aber für ihn war ein kleiner Sprung von einem Stein zum nächsten schon etwas, was eigentlich seine Kräfte überstieg. Doch er wollte es probieren.

Der erste Stein lag im trockenen Sand und war warm von der Sonne, die den ganzen Tag auf ihn geschienen hatte. Eichhorn kletterte hinauf, wippte ein paarmal auf und ab, dann sprang er. Es klappte, er landete auf allen vier Pfoten auf dem nächsten Stein. Einen Moment schwankte er, dann stemmte er sich ab und sprang noch einmal. Wieder gelang es. Und noch einmal. Doch der Stein, der danach kam, lag im Wasser und auch ein Stück weiter weg. Wenn er den nicht schaffte, würde er ein nasses Fell bekommen. Eichhorn drehte sich immer wieder um, blickte von dem Stein im trockenen Sand auf den großen Stein im Wasser. Wenn ich nicht springe, bin ich feige und kindisch, dachte er. Und das war er nicht. Hopp! bevor ihm klar war, daß er springen wollte, war er auch schon gesprungen.

Er landete halb auf dem Stein, halb an der Schräge und rutschte ins Wasser. Eine glibberige Wasserpflanze packte ihn, seine Hinterpfoten strampelten, bis sie sandigen Boden fühlten, dann klammerte er sich an dem Stein fest

und zog sich hoch. Da saß er nun und zitterte, nicht vor Kälte, sondern vor Schreck, die hintere Hälfte tropfnaß. Eichhorn machte die Augen zu, er wagte nicht mehr, den vorbeiströmenden Fluß zu betrachten. Was hätte nicht alles passieren können, dachte er. Wenn er sich nicht so schnell hochgezogen hätte. Wenn der Fluß ihn erwischt und mitgezogen hätte, wer weiß wie weit weg. Da hörte er plötzlich ein spöttisches Lachen.
Das Lachen kam aus einer Erle am Ufer. Eichhorn wußte sofort, wer dort saß und alles gesehen hatte. Eichelhäher. Eichhorn drehte sich mit dem Rücken zum Baum und überlegte, was er jetzt am besten tun könnte. Ich werde tun, als hätte ich mich mit Absicht ins Wasser rutschen lassen, dachte er. Denn der da wird überall herumerzählen, daß ich nicht gut springen kann und ins Wasser

gefallen bin. Schnell legte er sich auf den Bauch, ließ seine Vorderpfoten ins Wasser hängen und spritzte sich das Gesicht naß.

Eichelhäher kam angeflogen. „Reingefallen, was?“ rief er, noch bevor er sich auf einem Stein mitten im Fluß niederließ.

Eichhorn warf ihm einen Blick zu, dann wusch er sich eifrig die Ohren und den Hals und schnippte sich ein paar Tropfen auf die Brust. Danach richtete er sich auf und schaute zum Himmel und tat, als ließe er sich durch die leichte Brise, die den Abend ankündigte, trockenwehen.

„Das ist wirklich erfrischend“, sagte er, „nach so einem langen heißen Tag.“

Eichelhäher lachte wieder sein keckerndes, spöttisches Gelächter. „Ja, das glaub ich dir gern, daß dich das erfrischt“, sagte er. „Ins Wasser gefallen, was? Aber das ist tüchtig von dir, daß du versuchst zu springen, wirklich tüchtig, Eichhorn.“

„Man wird heutzutage so schmutzig im Wald“, sagte Eichhorn. „Eine gründliche Wäsche, die kann ich dir nur empfehlen, Eichelhäher. Dich mal von oben bis unten baden.“ Er schöpfte noch ein bißchen Wasser und ließ es sich über die ohnehin schon nassen Hinterbeine laufen.

„Ja, ja, das wird wohl so sein“, sagte Eichelhäher. „Weißt du, wenn man keine Flügel hat oder irgendein anderes Fluggerät, dann muß man seinen Platz kennen. Sich vom Boden lösen, sage ich immer, wer fliegt, sieht so viel mehr, verstehst du? Aber einer wie du sollte einfach auf dem Boden bleiben, wo er hingehört. Wart mal ... Still!“

Doch Eichhorn sagte nichts. Erschrocken starrte er über das Wasser. Nicht weit von ihm machte der Fluß eine Biegung, und von dort kam das Geräusch von jemandem, der durch das Wasser läuft, noch dazu mit viel Lärm. Eichelhäher flog sofort weg und saß bald gut versteckt in der Krone eines Baumes, aber Eichhorn ...

Es war der Junge aus dem Haus am anderen Ufer! Mit den Händen in den Hosentaschen lief er platschend durch das Wasser. Einen Augenblick war Eichhorn steif vor Schreck; sein Herz klopfte, klopfte, klopfte. Wo sollte er hin? Er mußte sich verstecken, und zwar schnell. Er schaute nach links, er schaute nach rechts – er hatte keine Wahl, er ließ sich vom Stein in den Fluß gleiten. Und wieder drang das Wasser in sein Fell und machte ihn noch nasser, als er ohnehin schon war. Nur sein kleiner Kopf ragte noch heraus; er wagte nicht, um den Stein herum zu schauen. Das Geplansche kam näher ... dann wurde es still.

Es war so still, daß das Wasser laut an die Steine schlug. Und es blieb still. Eichhorn wurde nasser und nasser, noch nie war er so naß gewesen. Das Schilfrohr rauschte. Weit weg war die Glocke des Hirtenhundes zu hören, die Herde wurde von den Bergweiden heruntergebracht. Der Junge machte kein Geräusch. Eichhorn konnte es nicht mehr aushalten, er mußte einfach wissen, was der Junge tat. Er mußte wissen, warum es so still war und warum der Fluß so viel lauter plätscherte als zuvor. Während er sich an dem Stein festhielt, auf dem er gesessen hatte, machte er ganz, ganz vorsichtig ein paar Schritte durch das Wasser und lugte zum Ufer.

Ein paar Meter von ihm entfernt, unten an der Böschung, saß der Junge. Seine nackten Füße waren mit einer Sandschicht bedeckt. Er saß vorgebeugt da und hatte den Kopf auf die Hände gestützt. Auf dem Boden, zwischen seinen Füßen, lag ein Stück Papier. Unaufhörlich starrte der Junge auf das Papier. Eichhorn traute seinen Augen kaum. Er war so nah, so schrecklich nah. Die paar Härchen auf seinem Kopf, die noch trocken waren, richteten sich auf.
Dann schoß plötzlich ein Schmerz durch seine Hinterbeine, und seine Zehen krümmten sich. Ein Krampf durch das kalte Wasser. „Au!“ piepste er. Der Schmerz zog weiter nach oben, bis zu der Stelle, wo früher sein Schwanz angefangen hatte. „Au! Au!“ Er sprang auf und machte ein paar wilde Sprünge. Das Wasser spritzte hoch. Er mußte weg, weg aus dem Wasser. Und auf allen vieren rannte er, so schnell er konnte, zum Ufer, wobei er eine Spur von Spritzern und Wellen hinter sich herzog, bis er weit weg im Schilfrohr auf dem trockenen Sand war. Dort saß er dann, rieb sich die Pfoten und bibberte vor sich hin.
Bei den Pieptönen und dem Geplätscher Eichhorns hatte der Junge den Kopf gehoben. Jetzt stand er auf und war mit ein paar Schritten beim Schilf. Er kauerte sich hin und spähte zwischen den Stengeln hindurch. Eichhorn sah ein Paar weit offene Augen, die ihn neugierig betrachteten. Du lieber Himmel, o du lieber Himmel, dachte Eichhorn. Er wird mich fangen! Schließlich bin ich ein so seltenes Tier, ein Eichhorn ohne Schwanz. Er hat es auf mich abgesehen! Und so schnell er konnte, kroch

Eichhorn weiter zurück, bis er an das steile Ufer gedrückt dasaß, unter einem Grasbüschel, und das Schilf um ihn so dicht war, daß er die neugierigen Augen nicht mehr sah.

Wieder wurde es still, wieder hörte er nichts als das Plätschern des Wassers und das Rauschen des Schilfs. Bis ein lauter Schrei ertönte, dann das Geräusch davonlaufender Füße.

Vorsichtig kam Eichhorn ohne Schwanz aus seinem Versteck und kletterte die Böschung hinauf. Dabei achtete er sorgfältig darauf, daß er unter Gras und Sträuchern verborgen blieb. So erreichte er die Böschung. Er sah den Jungen über den Sandweg rennen und mit den Armen winken. Noch einmal hörte er ihn schreien. Dann blieb der Junge stehen, mit herunterhängenden Armen, und schaute zum Himmel.

In der Ferne flog Eichelhäher. Er hielt etwas im Schnabel, das wie eine Fahne im Wind flatterte. Es war das Stück Papier, das der Junge mit so viel Aufmerksamkeit betrachtet hatte.

Mutter Schweins Haus

Noch immer naß, aber schon nicht mehr klatschnaß, stand Eichhorn in der Tür. Sie hatten schon Feuer angemacht. Sobald das Tageslicht verschwand, wurde es in Mutter Schweins Haus auch im Sommer klamm und feucht, und draußen hing die Abenddämmerung zwischen den Bäumen und Sträuchern. Die rheumatische Katze saß auf einem Hocker und hielt ihre schmerzenden Pfoten an die Flammen. Die weiße Henne lag auf einem Kissen und machte ein Nickerchen.

„Ach du heiliger Strohsack, was ist denn mit dir passiert?" rief Mutter Schwein. „Du bist ja ganz naß! Wo bist du gewesen und warum kommst du so spät? Wir haben schon gegessen."

Eichhorn trat ein und stellte sich mit dem Rücken zum Feuer. Er versuchte so zu tun, als sei nichts Besonderes passiert, als wäre es die normalste Sache von der Welt, so spät noch draußen herumzulaufen und bis auf die Haut naß zu sein. Mit einem gleichgültigen Gesichtsausdruck schaute er zur Decke hinauf, doch dann wurde er plötzlich von der durchgestandenen Angst und dem Schrekken gepackt, noch viel schlimmer als vorhin, als alles wirklich passiert war. Denn jetzt erst war er zu Hause, und das schreckliche Abenteuer am Fluß schien lange her zu sein oder sogar etwas, was nicht ihm passiert war, sondern jemand anderem. Doch weil er so naß war, wußte er, daß es kein anderer gewesen war. Er stand am Feuer und zitterte wie ein Grashalm im Wind.

„Trockne dich ab", sagte Mutter Schwein. „Und dann ins Bett mit dir, auf der Stelle!" Sie gab ihm ein Handtuch, und Eichhorn begann, sich trockenzureiben.

„Schau doch mal, wie schmutzig du bist", rief Mutter Schwein. „Das Handtuch wird pechschwarz. Wo hast du dich um Himmels willen rumgetrieben?"

„Schmutzig? Ich bin überhaupt nicht schmutzig. Ich habe mich doch von oben bis unten gewaschen", sagte Eichhorn mit einem zitternden Stimmchen. Er rieb sich den Rücken trocken, reckte sich und sagte stolz: „Im Fluß."

„Ja, ja, das glaubst du doch selber nicht", sagte die rheumatische Katze.

„Schau doch mal dein Fell an! Ganz voller Schlamm!" Mutter Schwein hatte zwei Wärmflaschen aus dem Schrank geholt und suchte in einer Schublade nach Kräutersäckchen. „Los, ins Bett", sagte sie und schlug die Decke auf.

Die weiße Henne sagte: „Ich wasche mich nie, und trotzdem bin ich sauber. Schau mal." Sie stand auf und drehte sich einmal um sich selbst, damit alle sie betrachten konnten.

Eichhorn kroch in das große Bett, das in einer Ecke des Zimmers stand. Nachts schliefen sie alle zusammen darin, Mutter Schwein in mehr als der Hälfte, doch für die drei kleinen Tiere blieb noch genug Platz. Mutter Schwein schob die beiden Wärmflaschen zwischen die Laken, eine an Eichhorns Füße, die andere an seinen Rücken. Wie gemütlich lag er jetzt da, wie auf einer warmen Wolke, und auch noch zugedeckt mit einer warmen Wolke.

Er hatte das Gefühl zu schweben. Schau an, dachte Eichhorn, da gehe ich, von einem Stein zum anderen. Ich fliege von einem Baum zum anderen, von einem Berg zum anderen, wie Eichelhäher. Oh, wie warm ist mir, ich habe bestimmt Fieber. Das heißt, daß ich krank bin. Ich muß schrecklich krank sein, weil mir so warm ist. Dann schwebte er wieder, und die warmen Wolken wiegten ihn. Ich kann genauso gut fliegen wie Eichelhäher, dachte Eichhorn, genauso gut wie Eichelhäher ...

Da saß er plötzlich aufrecht im Bett. „Er hat es mitgenommen!" rief er mit seiner Piepsstimme, die vor Aufregung heiser klang. „Eichelhäher! Eichelhäher hat es mitgenommen! Der Junge war da, und jetzt habe ich ..."

„Still, ganz ruhig", sagte Mutter Schwein. Sie drückte Eichhorn wieder unter die Decke. Zu den anderen beiden, die am Feuer saßen und zuschauten, sagte sie: „Er hat Fieber. Wenn das nur mal gut ausgeht."

Danach schlief Eichhorn ein paar Stunden. Er wälzte sich die ganze Zeit herum und murmelte alle möglichen unverständlichen Worte im Schlaf. Aber er wußte, daß er halb wach war, als er eine Stimme sagen hörte: „Puh! Hier ist es ja zum Ersticken."

Das war Marder! Hatten sie Marder gerufen? War er so

krank? Durch die Augenwimpern linste Eichhorn zu den anderen hinüber, aber er rührte sich nicht.
„Fenster und Türen verrammelt und Feuer im Herd", sagte Marder. „Ich verwette meine Ohren, daß du ihm noch eine Wärmflasche gegeben hast."
„Natürlich habe ich ihm zwei Wärmflaschen gegeben", sagte Mutter Schwein. „Ich habe dir doch gesagt, er ist in den Fluß gefallen. Davon muß man ja krank werden."
„Aber nein, davon wird man überhaupt nicht krank", sagte Marder. „Liebe Mutter Schwein, es ist noch Sommer. Draußen ist es schwül, auch wenn es schon Abend ist. Komm, setzen wir uns ein bißchen hinaus und lassen das Tierchen da ruhig schlafen."

„Ich denke nicht daran“, sagte Mutter Schwein. „Ich bleibe bei ihm, und die Tür bleibt zu.“
Mutter Schwein saß im Schaukelstuhl und schaukelte wild hin und her, wie sie es immer tat, wenn ihr jemand widersprach. Katze und Henne saßen noch immer vor dem Kamin, Marder stand mitten im Zimmer, und alle schauten sie zu dem Bett hinüber. Eine Weile war es still im Zimmer; das Ticken der Uhr war deutlich zu hören und auch das leichte Knistern eines brennenden Holzscheits. Die weiße Henne war die erste, die etwas sagte. Eigentlich hörte ihr nie jemand zu, weil sie selten etwas mitzuteilen hatte, was die anderen nicht schon längst wußten.
„Er hat sich gewaschen“, sagte sie.
„Ja, ja, das will ich gern glauben“, sagte die rheumatische Katze, und man konnte ihr deutlich anhören, daß sie es nicht glaubte. „Gewaschen! Im Fluß! Einfach reingefallen ist er und will es nicht zugeben, nehme ich an.“
„Doch wahr!“ kam es aus dem Bett. „Ich habe mich von Kopf bis Zeh gewaschen, frag doch Eichelhäher.“
Sobald Mutter Schwein merkte, daß Eichhorn ohne Schwanz wach war, sprang sie aus dem Stuhl, der noch eine ganze Weile weiterschaukelte, und begann sofort herumzuhantieren. Sie hatte Kräutertee für Eichhorn aufgesetzt, davon mußte er erst ein Glas voll trinken. Und auch heißen Zitronengrog mit einem Schuß Rum. Und er hatte doch bestimmt Appetit auf einen Teller Vanillepudding mit eingekochten Aprikosen? Den hatte sie extra für ihn zubereitet. Er mußte gut essen und unter der warmen Decke bleiben, das war das beste. „Die Löffelbis-

kuits sollst du in den Grog tauchen“, sagte sie, während sie ein beladenes Tablett vor Eichhorn hinstellte.
Alle schauten sie zu, wie Eichhorn erst die Löffelbiskuits einen nach dem anderen in den Rum mit Zitronensaft tauchte und aß, danach den Vanillepudding mit Aprikosen löffelte und schließlich einen Schluck von dem Kräutertee probierte, angeekelt sein Gesicht verzog und das Glas wegschob.
„Dein Magen ist in Ordnung“, sagte Marder. „Bist du sicher, daß du krank bist?“
„Mir ist schrecklich heiß“, sagte Eichhorn.
„Mir auch“, sagte Marder. „Hier ist eine Knallhitze! Komm mal raus aus dem Bett und lauf ein bißchen herum, dann merkst du von allein, ob es dir besser geht.“
Zögernd kam Eichhorn unter der Decke hervor. Vorsichtig stellte er seine Pfoten auf den Boden, lief dann ein paar Schritte, streckte sich, kratzte sich hier und da und sagte: „Ich weiß es wirklich nicht. Ich fühle nichts.“
„Wenn du krank bist, fühlst du was“, sagte die weiße Henne.
„O ja, ich weiß es wieder. Ich hatte einen schrecklichen Krampf in den Hinterpfoten. Bis hierher!“ Plötzlich erinnerte sich Eichhorn an alles, was passiert war, und wollte es sofort erzählen. Doch er hatte es so eilig, daß er die Worte fast nicht finden konnte und stotternd und wirr ganz schnell zu sprechen begann. „Der Junge war da. Und er lief da durch und setzte sich. Eichelhäher hat es mitgenommen, und erst hatte er sich versteckt, und dann und dann ... Aber ich, ich konnte nirgends hin, da sprang ich ins Wasser, und dann habe ich plitsch-platsch

Lärm gemacht. Um ihn wegzulocken, versteht ihr? Und jetzt hat es Eichelhäher, er ist damit weggeflogen."

„Ich verstehe kein Wort", sagte Marder. „Du mußt es ruhig erzählen, Eichhorn, ganz ruhig. Erst, was zuerst passiert ist, und dann den Rest. Verstehst du? Komm, setzen wir uns ein bißchen raus." Und sofort machte Marder die Tür auf und lief hinaus auf den Hof.

Mutter Schweins Haus lag ziemlich weit oben auf dem Elefantenberg, in einer kleinen Waldlichtung. Vor vielen Jahren hatte hier der Wind eine Edelkastanie umgeworfen, der dicke Stamm lag immer noch da, und im Frühjahr bekam er sogar ein paar Blätter an seinen kurzen Zweigen. Der Hof war umschlossen von Bäumen und Holundersträuchern, die Sonne drang kaum hindurch. Und das Schönste vom ganzen Haus sah man nur draußen – das war das, was sie Teepavillon nannten: ein Dach aus Geißblatt, unter dem ein gußeiserner Tisch, eine Bank und ein paar Stühle standen.

Es war nicht dunkel draußen; der halbvolle Mond beleuchtete das Plätzchen mit seinem blassen Licht.

Eichhorn lief hinter Marder her. Ihm war plötzlich klar, daß er alles Marder erzählen wollte, lieber als jedem anderen. Marder setzte sich auf die Bank und sagte, Eichhorn solle warten, bis alle da wären. Bis die rheumatische Katze, die schlecht laufen konnte, auch bequem saß und Mutter Schwein ein paarmal hin und her gelaufen war, um Dinge auf den Tisch zu stellen: eine Karaffe mit Brombeersaft und Gläser, Schalen mit Nüssen und Rosinen und Salzgebäck. Die weiße Henne saß schon auf einem Stuhl und schien bereits wieder zu dösen.

„Und jetzt erzähle“, sagte Marder.
Eichhorn erzählte, was am Nachmittag passiert war, genau wie es sich zugetragen hatte. Jedenfalls glaubte er das. Je länger er erzählte, um so sicherer war er, daß es genau so gewesen war und nicht anders. Er hatte das Gefühl, als erzähle nicht er, sondern ein anderer, und also hatte auch nicht er, sondern ein anderer das alles erlebt. Und daß ein anderer log, konnte man doch nicht annehmen. Also war es genau so passiert.
„Wenn ich dich richtig verstehe“, sagte Marder, als Eichhorn mit seiner Geschichte fertig war, „wenn ich dich richtig verstehe, ist folgendes passiert: Während der Junge dicht neben dir im Sand saß, bist du ins Wasser gesprungen. Und du hast ganz laut ‚Au! Au! Au!‘ gerufen.“

„Ja“, sagte Eichhorn.
„Und das hast du gemacht, um ihn abzulenken“, sagte Marder und blickte Eichhorn direkt an. „Du wolltest den Jungen ablenken, weil er etwas Wichtiges hatte. Du wolltest es ihm wegnehmen.“
„Ich wollte Eichelhäher die Gelegenheit geben“, sagte Eichhorn. „Weil Eichelhäher fliegt. Er konnte es wegbringen, ich nicht. Deshalb habe ich den Jungen abgelenkt und gelockt, daß er mir folgte, und dann bin ich ins Schilf geflohen. Und das hat geklappt.“ Die letzten Worte klangen sehr bescheiden.
„Aber um was ging es?“
„Um ein Stück Papier, das habe ich doch gesagt.“
„Und hat Eichelhäher das Papier nun?“
„Ja.“
„Was stand drauf?“
„Ja, was stand denn drauf?“ fragte nun auch die rheumatische Katze, die bisher kein Wort gesagt hatte. „Es war natürlich ein Brief.“
„Er hat doch gesagt, daß der Junge das Papier betrachtet hat“, sagte die weiße Henne. Sie fand es an der Zeit, auch wieder etwas zu sagen. „Also war es kein Brief, denn ein Brief ist etwas zum Lesen, nicht zum Betrachten.“
Mutter Schwein seufzte und stellte die Teller aufeinander. „Ich finde, daß wir uns nicht um Menschenangelegenheiten kümmern sollten“, sagte sie. „Das hat noch nie zu etwas Gutem geführt. Wer will noch was Leckeres?“
„Also los, was stand drauf?“ fragte Marder noch einmal.
„Viel Schwarzes“, sagte Eichhorn und zog ein feierliches Gesicht. „Ich glaube, es war eine schwarze Nachricht.“

Die schwarze Nachricht

Marder reichte eine Stunde Schlaf. Oft genug blieb er die ganze Nacht auf und machte tagsüber da und dann ein kurzes Nickerchen. Vor allem im Sommer fand er es eine Zeitverschwendung, im Bett zu liegen. Er wohnte auf dem Dachboden des großen, verlassenen Bauernhofs auf halber Höhe des Elefantenbergs. Wenn es am heißesten war, lag er manchmal ein bißchen unter dem Tor seines Hauses, aber nie sehr lange. Er unternahm weite Streifzüge und kannte die Berge besser als jeder andere. Wenn er so unterwegs war – und dieser Umstand versetzte ihn oft selbst in Erstaunen –, kam er immer irgendwo heraus, wo ein Freund wohnte, und zufällig immer genau der Freund, den er im Moment am liebsten sehen wollte.

So lief er am nächsten Morgen um halb zwölf über den schmalen, harten Pfad am Froschteich vorbei. Es war totenstill. Nach dem Froschteich folgte er der alten Wagenspur, und von dort war es nicht mehr weit bis zur Schafweide vor dem Haus seines Freundes Kröterich.

„Ja", sagte Marder zu sich, „ich werde Kröterich besuchen. Ich hatte es nicht vorgehabt, aber es ist das Beste, was ich tun kann."

Das alte, schief hängende Gartentor fiel mit einem Klappen hinter ihm zu. Kröterichs Garten war fast nicht von der Schafweide zu unterscheiden; alles war von hohem, dürrem Gras überwuchert, und die Wege waren kaum mehr zu erkennen. Marder sah, daß die Haustür ein wenig offenstand, aber Kröterich war ein Tier, das ein unordentliches Leben führte und abends oft vergaß ab-

zuschließen. Daher erwartete Marder nicht, daß sein Freund schon aufgestanden war.
Es stimmte. Kröterich lag leise schnarchend im Bett, auf dem Rücken. Sein alter, verschlissener Morgenrock, den er immer trug, stand halb offen. Seine Brust bewegte sich langsam auf und ab. Auf dem Boden lag die Decke, die ihn gegen die kühle Nachtluft geschützt hatte und die er wahrscheinlich im Schlaf abgeworfen hatte, als es im Haus immer wärmer geworden war. Einen Moment betrachtete Marder seinen schlafenden Freund und schüttelte mitleidig den Kopf.
Hier drinnen herrschte ein unbeschreibliches Durcheinander. Das Bild über Kröterichs Bett hing schief; ein rotumrandetes dreieckiges Gemälde, auf dem ein Berg abgebildet war, von dem Steine fielen. Kröterich hatte es vor

langer Zeit am Wegrand gefunden. Und überall lagen dreckige Kleidungsstücke, Stiefel und Schuhe. Seit Wochen hatte niemand abgespült, so daß nicht nur die Anrichte, sondern auch der Tisch vollstand mit dreckigem Geschirr. Staubfäden hingen an der Lampe und in den Ecken an der Decke, und das alles war, wie durch einen Nebel, noch einmal im Spiegel zu sehen.

Marder räumte einen Stuhl leer; erst wußte er nicht, wo er die Kleider und eine Ledertasche hintun sollte, dann legte er die Sachen einfach unter dem Stuhl auf den Fußboden, bevor er sich setzte. „Kröterich, Kröterich, Kröterich“, sagte er leise, denn er hatte nicht vor, seinen Freund brutal aufzuwecken. „Mein guter alter Kröterich.“ Und während er sich im Zimmer umblickte und den Staub sah, der in dem goldenen Sonnenlicht, das durch einen Spalt in den Gardinen hereinfiel, auf und ab tanzte, überlegte er, wie seltsam es war in der Welt, vor allem hier, auf dem Elefantenberg. Denn niemand sehnte sich mehr danach als er, der Freund, daß Kröterich weniger schlafen und mehr tun sollte, zum Beispiel einmal seine Wohnung aufräumen. Und doch – er fühlte sich nirgendwo so wohl wie hier. Als wäre das nötig, dachte Marder. Als wären der Schmutz, die Unordnung, der Staub und die Essensreste nötig, um so mit Kröterich zusammenzusein, wie man mit Kröterich zusammen ist. Ach ja, du weißt, was ich meine, sagte er zu sich selbst. In diesem Augenblick wurde Kröterich wach.

Er gähnte und streckte sich, kratzte sich an der Brust und sah Marder dasitzen. Kröterich hatte nun ein Auge offen, und auf seinem faltigen, knubbeligen Gesicht

erschien etwas wie ein Lächeln. „Guten Morgen“, sagte er mit einer Stimme, die noch schwer war vom Schlaf.
„Guten Morgen“, sagte Marder.
„Bist du einfach so vorbeigekommen?“ fragte Kröterich.
„Ja, ganz zufällig“, sagte Marder. Aber ehe er sich versah, erzählte er schon eifrig. Er berichtete Kröterich, wie er Eichhorn ohne Schwanz am vergangenen Abend im Bett angetroffen hatte und wie Mutter Schwein den Kleinen verwöhnte und wie Eichhorn später erzählt hatte, was er an der Furt erlebt hatte.
„Er sagt, es sei genau so passiert, und auch wenn man die Hälfte nicht glaubt, kann er sich doch unmöglich alles ausgedacht haben.“
„Nein, so etwas denkt sich das kleine Tier nicht alles aus“, bestätigte Kröterich.
„Also hat Eichelhäher nun ein Papier in seinem Besitz. Ein Papier, das für den Jungen wichtig ist“, sagte Marder.
„Aber was spielt das für eine Rolle“, meinte Kröterich. „Womit Menschen sich nicht alles beschäftigen! Für uns ist das doch ohne Bedeutung. Du weißt ja, daß sie mit ihrem Affenverstand alles durcheinanderbringen, wenn sie sich um irgend etwas kümmern. Laß sie doch.“
„Aber Eichelhäher? Er tut immer so wichtig. Weiß alles besser. Angeblich deshalb, weil er fliegt.“
„Na und?“
„Er könnte eine Dummheit machen.“
„Wer? Eichhorn oder der Junge?“
„Eichelhäher natürlich. Deshalb meine ich, wir sollten uns informieren. Wir müssen wissen, was auf dem Papier steht. Um ihn vor seinem rechthaberischen Verhalten zu

schützen." Marder bekam immer stärker das Gefühl, daß er etwas unternehmen müsse, daß das Stück Papier vielleicht eine Gefahr bedeutete. Unruhig rutschte er auf dem Stuhl hin und her. „Ich werde zu ihm gehen", sagte er.

Kröterich blickte ihn an und sagte: „Ich habe selbst ziemlich viel Papier im Haus, aber was Wertvolles ist nicht dabei. Warum machst du dir denn immer solche Sorgen?"

Marder wurde ganz übel hier im Zimmer. „Kröterich, stehst du jetzt auf oder nicht?" fragte er, bekam aber keine Antwort. „Na ja, dann setz ich mich ein bißchen draußen hin."

Marder setzte sich auf die Bank vor dem Haus. Es war ein hübscher Fleck: In der Ferne war der Waldrand zu sehen, unten die Bäume am Flußufer. Der Himmel über der Schafweide zitterte vor Hitze. Durch die offene Tür war Kröterichs Schnarchen zu hören.

In der letzten Zeit scheint überhaupt nichts mehr zu passieren, dachte Marder. Vielleicht ist jetzt was mit Eichelhäher passiert und mit Eichhorn ohne Schwanz. Aber was? Wenn man selbst nicht dabei war, weiß man nichts. Wir haben hier immer ein ruhiges Leben geführt, dachte Marder, trotzdem ist früher viel passiert! Jeden Tag etwas! Als Hannibal noch hier war ... Immer wenn Marder an Hannibal dachte – und das tat er jeden Tag nicht nur einmal –, empfand er ein seltsames Gefühl. Dann kam es ihm vor, als seien seine Knochen nicht mehr seine Knochen und als nage etwas an ihm wie ein Hunger, der nie vergeht. Er vermißte Hannibal.

Sie hatten Hannibal aus einem reisenden Zirkus befreit. Vor langer Zeit. Damals hatten er und die rheumatische Katze und Eichelhäher und die weiße Henne eine Reise gemacht. Eine abenteuerliche Reise zur anderen Seite des Elefantenbergs. Und Hannibal hatte bei Marder gewohnt, in einem der Ställe unter seinem Haus, dort oben, weiter bergauf. Jeden Abend hatten sie zusammen unter der Außentreppe gesessen, Hannibal und er, und sich an der Aussicht gefreut und daran, daß sie zusammen waren. Eines Nachts war Hannibal verschwunden, einfach so, ohne ein Wort zu sagen. Seit damals hatte Marder das Gefühl, als wäre er immer hungrig. Erst hatte er mehr gegessen, doch das hatte nichts geholfen. Er war dick und langsam geworden, also aß er dann wieder normale Portionen, wie er es gewöhnt war. Und wenn er an Hannibal dachte, war es ihm, als würden seine Pfoten zu schlaff und sein Kopf zu schwer.

„Los, ich gehe weiter“, sagte Marder laut.

Er schaute noch einmal hinein. Kröterich schlief. Er hatte sich auf die Seite gedreht und blies mit einem brodelnden Geräusch die Luft aus.

Marder hatte keine große Lust, Eichelhäher zu besuchen. Viel lieber würde er noch ein bißchen in der Sonne vor sich hindösen. Also los, sagte Marder zu sich, gedöst habe ich gerade bei Kröterich, und was sein muß, muß sein. So lief er sogar ziemlich schnell zu dem Waldstück, wo Eichelhäher wohnte.

Er war noch nie bei Eichelhäher zu Hause gewesen. Nebenbei gesagt, auch keiner von den anderen. Es kam ihnen einfach nie in den Sinn zu sagen: „Besuchen wir doch mal Eichelhäher, den guten Kerl." Vermutlich lag es daran, daß Eichelhäher selbst ein richtiger Besucher war. Kein Tag ging vorbei, ohne daß er da oder dort hineinschaute, immer voller Geschichten, und oft genug besuchte er einen nach dem anderen. Deshalb hatte man auch nie das Gefühl, ihn lange nicht gesehen zu haben.

Eichelhäher räumte unter dem Baum auf, in dem er wohnte. Er schleppte Zweige zu einem anderen Platz, trat gegen Kieselsteine, so daß sie ein Stück wegrollten, riß da und dort eine Pflanze aus dem Boden. Marder stand dabei und schaute ihm eine Weile zu.

„So, jetzt sieht es doch schon ganz anders aus", sagte Eichelhäher, blickte nach links, nach rechts und zurück.

„Ganz anders und doch gleich“, sagte Marder. „Guten Tag.“

„Guten Tag“, sagte Eichelhäher. Und als es still blieb, fragte er: „Kommst du zufällig vorbei?“

„Mehr oder weniger zufällig“, sagte Marder. „Was treibst du denn gerade?“

„Ich?“ fragte Eichelhäher verwundert. „Das siehst du doch, ich räume auf. Denn Ordnung muß sein. Wenn du alles mal von oben sehen könntest, so wie ich, würdest du das verstehen.“

„Was räumst du denn auf?“

„Hier, die Umgebung, damit es besser aussieht, verstehst du?“

„Du kannst aus einem Wald keinen Garten machen“, sagte Marder. „Und Steine müssen nun mal verstreut liegen, so gehört sich das. Was ich dich fragen wollte ...“

Eichelhäher schleppte schon wieder ein paar Zweige davon, und während er sie zu einem Strauch brachte, rief er zurück: „Und wie geht es allen? Gut?“

„Gestern war ich noch bei Mutter Schwein“, rief Marder ihm zu. „He, lauf doch nicht so weit weg! So können wir uns gar nicht ordentlich unterhalten.“

„Was ordentlich ist, brauchst du mir nicht zu erzählen. Und diese Arbeit muß jetzt erledigt werden!“

„Gestern bei Mutter Schwein!“ rief Marder noch lauter. „Es sieht so aus, als würde Eichhorn krank werden. Lungenentzündung!“

„Wirklich?“ Eichelhäher blieb stehen, dann kam er schnell auf ihn zu. „Lungenentzündung?“ fragte er. „Von ein bißchen Wasser? Es war ein warmer Tag.“

„Darüber wollte ich mit dir sprechen", sagte Marder. „Wo können wir uns ein bißchen in Ruhe hinsetzen?"
In Eichelhähers Teil des Waldes wohnten viele Vögel, und tagsüber war es hier nie besonders ruhig. Immer flogen und flatterten alle möglichen Tiere herum, und was auf dem Boden und in den Bäumen vor sich ging, wurde ständig von irgendwelchen Lauschern mit neugierigen Augen beobachtet. Als Eichelhäher also vorschlug, sie könnten sich unter seinen Baum setzen, sagte Marder: „Nein, hier kann uns jeder hören."
„Nun, dann komm doch rein", sagte Eichelhäher.
Um die Wahrheit zu sagen, Marder war von Eichelhähers Wohnung angenehm überrascht. Er hatte erwartet, viel mehr unnötige Gegenstände vorzufinden. Allerdings hingen sehr viele Familienfotos in verzierten Rahmen an den Wänden, oder sie standen auf Schränken und Kommoden, außerdem hingen kleine ovale Porträts an einem silbernen Bäumchen. Und vor allem gab es viele Aufnahmen von Eichelhäher selbst: Eichelhäher, wie er über den Fluß flog, Eichelhäher, wie er im Schnee vor einem verschneiten Tannenbaum stand, außerdem Bilder aus der Zeit, als er noch sehr klein war. Und eine Kuckucksuhr hing an der Wand. Die fand Marder so abartig, daß er sich mit dem Rücken zu ihr hinsetzte.
„Es gibt Wasser, falls du Durst hast", sagte Eichelhäher gastfreundlich.
„Ich brauche nichts", sagte Marder. „Komm, erzähl mir jetzt mal, was gestern passiert ist. Wieso ist der arme Eichhorn so klatschnaß nach Hause gekommen?"
„Das ist ziemlich klar", sagte Eichelhäher. „Wenn du ein

kleines Tier ohne Flügel bist und bei der Furt von einem Stein auf den anderen springen willst ..."

Marder hörte nur mit einem halben Ohr zu. Er wußte schon, was jetzt als erstes kommen würde. Umständlich begann Eichelhäher zum soundsovielten Mal zu erklären, wieviel besser es ist, Flügel zu haben, daß man aus großer Höhe buchstäblich alles sehen kann und daß man daher auch viel mehr weiß als diejenigen, die unten am Boden bleiben.

„Sich vom Boden lösen, verstehst du? Wer fliegt, sieht nun mal mehr. Ich sage immer, man muß die Dinge verstehen lernen."

„Also ist er in den Fluß gefallen?" fragte Marder, um dieser Art Geschwätz ein Ende zu bereiten.

„Natürlich! In den Fluß gefallen. Wenn man nicht wie ich ..."

„Ja, aber er sagt", unterbrach ihn Marder, „Eichhorn sagt, er sei absichtlich ins Wasser gesprungen und habe geplätschert und gerufen, um Lärm zu machen. Wegen des Jungen. Um ihn abzulenken. Damit der von dem weglief, was er betrachtete."

„Was der betrachtete?" fragte Eichelhäher mit unschuldigem Gesicht.

„Er war also da, der Junge."

„Ja, ja."

„Und das Papier hast du dann mitgenommen?"

„Ja, klar. Er hatte natürlich die Augen voller Wasser. Eichhorn, meine ich." Eichelhäher regte sich allmählich auf, und seine Stimme klang schrill und hoch, als er weitersprach. „Klatschnaß war er. Und sehen konnte er auch

nichts. Was der sich immer alles ausdenkt, damit er mal eine interessante Geschichte erzählen kann."
Daran war etwas Wahres. Eichhorn spielte sich gerne auf. Doch es mußte mehr passiert sein, grübelte Marder. Eichhorn hat sich das nicht alles ausgedacht, das konnte er nicht. Zum Beispiel daß Eichelhäher mit einem Stück Papier im Schnabel wegflog, das wie eine Fahne im Wind flatterte. So etwas dachte man sich nicht aus.
„Und der Junge? Der war also da", sagte Marder und blickte Eichelhäher streng an.
„Ja, ja ..." sagte Eichelhäher zögernd, „der kam angelaufen, mit nackten Füßen durch das Wasser."
„Und dann saß er da und betrachtete ein Stück Papier."
„Vielleicht. Ja, vielleicht stimmt das."
„Und du hast gesehen, was darauf stand. Du hast in einem Baum gesessen."
„Wie kommst du denn darauf?" rief Eichelhäher.
Marder sagte ein bißchen spottend: „Weil jemand, der Flügel hat und hoch oben sitzt, doch viel mehr sieht als wir. Los, sag, was stand drauf? Und wo hast du es? Zeig mir's!"
„Es war nichts Besonderes", sagte Eichelhäher. Seine Stimme klang verwirrt. „Einfach ein Stück alte Zeitung. Wirklich."
Und dann, plötzlich, legte Eichelhäher zu Marders großem Schreck den Kopf auf den Tisch und begann verzweifelt zu weinen. Marder wußte nicht, was er tun sollte. Was immer er erwartet hatte – daß Eichelhäher weinen würde, auf keinen Fall. Plötzlich erklang auch noch ein seltsames Gerassel hinter ihm, gefolgt von einem Ruf

„Kuckuck“, der viermal wiederholt wurde. Vermutlich war es vier Uhr. Sollte er nicht lieber weggehen? Es war wahrhaftig spät genug. Und wenn das heulende Tier vor ihm Hilfe brauchte? Wären sie jetzt nur bei Mutter Schwein. Oder bei Kröterich. Die wußten, was man in einem solchen Fall zu tun hatte, er nicht.
„Ich wollte nicht, daß du es weißt“, kam es unter Schluchzern heraus. „Und die anderen auch nicht. Ich wollte es begraben. Ihr habt ihn so gern gehabt. Du vor allem. Er hat bei dir gewohnt. Ich wollte es niemandem sagen.“
„Was wolltest du begraben?“
„Das Stück Zeitung ...“ sagte Eichelhäher rauh.
Marder verstand zwar noch immer nicht, was los war und warum Eichelhäher weinen mußte, doch er fühlte, daß etwas Schreckliches geschehen war. Etwas sehr Schlimmes. Vor allem schlimm für ihn.

„Zeig", sagte er. „Jetzt will ich alles wissen. Los, hol es. Und hier, trockne dich ab." Er schob Eichelhäher sein Taschentuch zu.

Eichelhäher ließ das Taschentuch liegen und ging zu einer Kommode in der Zimmerecke. Aus der obersten Schublade holte er ein schweres Album, und während er damit zum Tisch zurückkam, sagte er, noch immer schluchzend: „Du kannst mich ruhig für einen Idioten halten, aber mir wird es auch mal zuviel. Vor allem mit meiner Erfahrung, verstehst du. Du mußt nur mal überlegen, auch grobe Spelzen haben einen zarten Faden."

Marder schlug das Album auf. Noch mehr Fotos, alle ordentlich eingeklebt, in den Ecken schräg, in der Mitte gerade. Urgroßväter und Urgroßmütter, Großonkel und Großtanten, verschiedene Aufnahmen von Bäumen mit Häusern, ein schönes Foto vom Elefantenberg, auf dem Marders Haus zu sehen war.

„Es liegt in der Mitte", sagte Eichelhäher.

Marder klappte das Album in der Mitte auf. Und dann sah er ein unordentlich herausgerissenes und leicht zerknittertes Zeitungsfoto. Er beugte sich vor und mußte sich am Tischrand festhalten.

Auf dem Foto war ein Zug zu sehen. Und auch wenn er noch nie einen Zug gesehen hatte, wußte Marder doch, daß dies kein normaler Zug war. Denn er hatte keine Räder, sondern hing hoch an einem Seil über einem Tal. Durch das Tal strömte ein Fluß. Am Ufer standen Häuser. Und aus dem Zug fiel Hannibal.

Er brauchte nicht zweimal hinzuschauen, um zu wissen, daß es Hannibal war. Kein anderes Tier hatte so elegant

gebogene weiße Stoßzähne. So große, mit einer Falte herabhängende Ohren. Die Wölbung seines Kopfes, die gebogene Linie seines Rückens, der Rüssel, der fast senkrecht nach unten hing ... Hannibals linker Hinterfuß berührte noch den Zug, der Rest von ihm fiel herunter.
Dann flossen der Zug und der Fluß und die Häuser und Hannibal durcheinander. Es schien, als bewege sich alles auf dem Foto. Marder konnte kaum atmen, es dauerte lange, bis er sich wieder so weit beherrschte, daß er aufsah und Eichelhäher anblickte.
„Hannibal", sagte er.
„Ja", sagte Eichelhäher.
Wieder betrachtete Marder das Foto. Nun bemerkte er mehr von dem, was auf dem Foto zu sehen war, er betrachtete nicht nur Hannibal. Die Häuser waren anders als die Häuser hier. Auf dem Fluß schwamm ein Schiff. Unter dem Foto waren Buchstaben abgedruckt, aber er konnte nicht lesen, was da stand. Es war in einer fremden Sprache geschrieben. Nur ein Wort konnte er lesen.
„Sein Name steht darunter", sagte Marder.
Er stand auf, faltete das Foto zusammen und steckte es ein. Steifbeinig lief er zur Tür, dort drehte er sich um und sagte: „Wir sprechen noch mal darüber. Du hättest es nicht geheimhalten dürfen." Mit diesen Worten verschwand er, ohne sich noch einmal nach Eichelhäher umzuschauen, der ihm verwirrt und auch ein bißchen verärgert nachblickte.
Draußen im Wald war alles noch so, wie es eine Stunde zuvor gewesen war.

Das müssen wir feiern

Erst lief Marder nur ein bißchen ziellos die bekannten Pfade entlang. Er hatte ein taubes Gefühl im Kopf; denken konnte er nicht. Immer wieder sah er das Foto vor sich – Hannibal, der aus dem Zug fiel und in die Tiefe stürzte –, und dann verschwamm alles vor seinen Augen. In seiner Brust war ein brennendes Gefühl. Und er dachte: Ich bin auf einen Schlag alt geworden.

Die Sonnenstrahlen fielen schräg durch die Zweige der Bäume, und überall tanzten goldene Flecken, auf den Baumstämmen, auf dem Waldboden und auf den Blättern des Vorjahres. Alles war so, wie es immer um diese Tageszeit im Wald am Hang des Elefantenbergs ist, wenn der Herbst schon kurz vor der Tür steht. Es machte Marder wütend, daß die Bäume so ruhig dastanden. Als ob nichts Schreckliches passiert wäre. Und auf die Vögel war er auch böse, mit ihrem eifrigen Getue, und auf die Ameisen auch, die immer noch fleißig hin und her eilten. So kam er, wütend vor Trauer, zum Waldrand.

Ich muß nach Hause gehen, dachte er. Aber er wußte schon, wie es dort sein würde – er würde sich aufs Bett legen, immer wieder das Foto anschauen, sich immer schlechter fühlen und wach liegen, während es auf seinem Dachboden dunkel wurde. Denn schlafen würde er nicht können, nein, er würde wohl nie mehr schlafen können, nun, da Hannibal ...

Nach Hause zu gehen war unmöglich. Er mußte sprechen. Also überquerte er die Schafweide und ging zum zweitenmal an diesem Tag zu Kröterich.

Kröterich saß auf dem Sofa, oder besser: er lag auf dem Sofa, auch wenn seine Beine auf den Boden hingen. Er lehnte halb auf der Seite, halb nach hinten und las. Jedenfalls lag ein aufgeschlagenes Buch auf seinem Schoß und bewegte sich auf und ab, zusammen mit Kröterichs regelmäßigen Atemzügen. Als Marder hereinkam, glitt das Buch von selbst zu Boden und blieb da liegen. Kröterich sah, sobald er die Augen aufgemacht hatte, Marder an, daß etwas Ernstes geschehen war.

„Hier, ich hab es", sagte Marder und zeigte ihm das abgerissene Stück Zeitung.

Kröterich machte ein bißchen Platz auf seinem Tisch, stellte einen Korb voller überflüssiger Dinge auf den Fußboden, schob ein paar schmutzige Gläser und einen Stoß Papiere zur Seite und wischte die Tischplatte mit dem Ärmel seines Morgenrocks sauber. Dann betrachtete er lange und aufmerksam das Foto, den Kopf auf die Arme gestützt und ohne etwas zu sagen. Schließlich ließ er sich an die Lehne des Sofas sinken und betrachtete lange und aufmerksam die Decke. Seine Mundwinkel sanken immer mehr nach unten. Lange blieb es still.

„Sag doch was", sagte Marder.

Kröterich blieb in derselben Haltung sitzen, doch nun schaute er mit einem Auge zu Marder hinüber. „Du machst dir schreckliche Sorgen", sagte er.

„Natürlich macht man sich da schreckliche Sorgen."

„Ich habe nicht gesagt, daß ‚man' sich schreckliche Sorgen macht, weil ich nicht ‚wir' oder ‚alle' meine, sondern daß du dir schreckliche Sorgen machst. Du siehst schlecht aus, Marder."

„Was hat das denn damit zu tun“, sagte Marder. „Es ist doch egal, wie ich aussehe, oder?“ Und als er weitersprach, begann seine Stimme zu zittern. „Wie haben sie so etwas tun können? Wie konnten sie bloß so gemein sein!“
Kröterich betrachtete wiederum kopfschüttelnd das Foto. „Am meisten verwundert mich der Zug“, sagte er und warf von der Seite einen Blick zu Marder. „So viel Dummheit. Einen Zug an einem Seil aufzuhängen. Gut, nehmen wir an, es handelt sich um ein kräftiges Stahlseil. Gut möglich, daß so ein Seil nicht reißt, wenn ein Zug mit ein paar Menschen dranhängt. Aber Hannibal! Was glaubst du, wieviel Hannibal wiegt?“
Marder merkte, daß er trotz seiner Trauer langsam die Geduld verlor. „Das Kabel ist doch nicht gerissen!“ rief er. „Hannibal ist hinaus ...“

„Genau so ist es", sagte Kröterich schnell. „Das Kabel ist nicht gerissen. Nein, weil Hannibal … weil er hinaussprang, natürlich!" Kröterich blickte Marder nun mit seinen glänzenden Augen direkt an, und um seinen Mund spielte tatsächlich so etwas wie ein triumphierendes Lächeln. „Das müssen wir feiern", sagte er.

Marder war schockiert. Heiser rief er: „Feiern? Was gibt es da zu feiern? Der arme Kerl hat sich zu Tode gestürzt! Kröterich, ich …"

„Aber nein", sagte Kröterich.

„Aber schau doch!" schrie Marder. „Sie haben ihn hinausgeschubst! Diese Verbrecher. Oder vielleicht war die Tür nicht richtig geschlossen, was spielt das denn für eine Rolle. Oh, Kröterich, du mußt doch verstehen, daß er zu Tode gestürzt ist!"

„Ach nein", sagte Kröterich, „das siehst du völlig falsch." Er zuckte ungeduldig mit den Schultern. „Weißt du, was meiner Meinung nach passiert ist? Sie wollten ihn transportieren, in diesem Zug. Vielleicht in einen anderen Zirkus. Aber sie haben dort keinen normalen Zug, einen, der auf Gleisen fährt, sondern nur einen, der an einem Kabel durch die Luft fährt. Und du weißt doch, daß Menschen nie nachdenken. Oder sie denken falsch. Nun ja, es gibt dort aber einen, der schon denkt, und das ist Hannibal. Er weiß, wie gefährlich das ist. Bei seinem Gewicht."

„Ja, so ist es", sagte Marder heiser.

„Du mußt dir mal genau vorstellen, wie es abgelaufen ist. Hannibal schaut also ständig hinaus. Er wartet auf seine Chance. Und da sieht er, daß sie über einem Fluß fahren. Nun ja, fahren, man sollte es besser schweben nennen. Es

ist keine Eisenbahn, sondern eine Schwebebahn. Und sofort, blitzartig, begreift der kluge Hannibal, daß es jetzt oder nie sein muß. Jetzt oder nie, sagt er zu sich selbst, drückt eine Tür ein und ... springt hinunter."
Kröterich war nicht daran gewöhnt, so viel hintereinander zu sagen, deshalb sackte er jetzt müde in sich zusammen. „Kapierst du es jetzt?" fragte er. „Auf Felsen stürzt man sich zu Tode, aber auf dem Wasser schwimmt man. Vermutlich hatte er auch Lust, für eine Weile dem Zirkus ade zu sagen. Hier bei uns hat er gelernt, was Freiheit ist. Vielleicht hat er sich nach uns gesehnt. Nach dir und nach mir."
Es sah ganz danach aus, als könnte Kröterich nun nichts mehr sagen. Seine Augen waren geschlossen, er zog den Morgenmantel dicht um seinen Hals und ließ den Kopf hin und her rollen. Doch dann warf er Marder noch einen Blick zu und sagte: „Das müssen wir feiern, finde ich. Schau doch mal im Schrank nach, es ist alles da. Nimm, auf was du Lust hast."
Marder konnte überhaupt nicht an Essen oder Trinken denken. Er starrte das Foto an, ohne ein Wort zu sagen. Er kannte also ein Tier – nein, er kannte es nicht nur, es war sein Freund –, ein Tier, das so heldenhaft war wie – niemand! Er war also gesprungen! Oder war er doch gestürzt? Nein, bestimmt nicht, das war kein Stürzen, das war ein Springen! Daß er das nicht vorher gesehen hatte. Und als Hannibal im Wasser gelandet war?
„Und als Hannibal im Wasser gelandet war?" fragte Marder.
„Was? Oh, nichts Besonderes. So jemand wie Hannibal

treibt oben", sagte Kröterich mit schläfriger Stimme. „Nimm es mir nicht übel", murmelte er noch, bevor er einschlief.
Marder lachte leise vor sich hin. Das sah Hannibal wirklich ähnlich. Der sprang einfach aus einem Zug, noch dazu aus einer Schwebebahn aus großer Höhe. Und schwamm davon. Als wäre es nichts. Und nie gab er an, nein, Hannibal nicht. Der würde nie damit angeben. Die Bescheidenheit in Person, dieser Hannibal. Aber was für ein Mut! Wie hatte er damals, als sie ihn befreit hatten, oben auf dem Elefantenberg gestanden und trompetet. Pee! Peepeepee! Ganz unbekümmert.
„Was glaubst du, wo er jetzt wohl ist?" fragte Marder.
Kröterich schreckte auf. „Was?"
„Wo er jetzt wohl ist?"
„Auf dem Weg hierher, natürlich. Lies mal, was unter dem Bild steht – es ist irgendwo weit weg."
„Es steht alles mögliche drunter", sagte Marder. „Seinen Namen kann ich lesen, mehr aber nicht. Es ist eine ausländische Sprache."
„Lies mal das erste Wort", sagte Kröterich.
„W u p p e r t a l", las Marder.
„Wuppertal", sagte Kröterich. „So muß das Land heißen, wo er aus dem Zug gesprungen ist. Scheint mir logisch zu sein."
„Wo liegt das?"
Kröterich gähnte. „Auf dem Kamin", sagte er schläfrig. „Auf dem Kamin steht ein Globus. Da kannst du es suchen."
Marder suchte zwischen dem Zeug auf dem Kamin und

fand eine kleine Erdkugel. Unter dem Südpol war ein Spitzer festgeklebt. Er drehte die Kugel in der Hand herum, aber ein Land namens Wuppertal fand er nicht.
„Es wird wohl eine Weile dauern, bis er hier ist“, sagte er zu Kröterich.
„Ha?“ klang es vom Sofa.
„Es wird wohl eine Weile dauern. Und dann werden wir feiern. Nun, Kröterich, du schläfst ja sowieso. Ich gehe nach Hause.“
Das Foto und die Erdkugel nahm er mit. Leise zog er die Tür hinter sich zu.

Es war ein großer, wohlhabender Bauernhof gewesen, früher, als hier noch Menschen lebten. Unten waren drei geräumige Ställe mit halbrunden Türen. In einem der Ställe hatte Hannibal gewohnt, in einem anderen wohnte immer noch Schafbock. Und auf dem Dachboden wohnte Marder.

Sobald Marder nach Hause kam, streckte er sich auf seinem Bett aus. Das Foto legte er auf den Fußboden, und die Erdkugel stellte er darauf ... so konnte er sie immer sehen. Der Abend kam, langsam wurde es dunkel auf dem Dachboden, und das Foto verwandelte sich in einen dunklen Fleck. Morgen früh gehe ich zu Mutter Schwein und zeige es ihr, dachte Marder. Und dann machen wir alle zusammen Pläne. Schon lange hatte er sich nicht mehr so gut gefühlt. In seinen Zehen prickelte es vor Vergnügen, und unter seiner Haut juckte das Verlangen, etwas zu tun, etwas zu unternehmen. Schlafen kann ich doch nicht, aber das macht nichts, dachte er. Und schon fiel er in Schlaf.

Doch er schlief nicht lange, und als er wach wurde, stand er sofort auf, öffnete die Dachbodenluke und ging hinaus. Der halbrunde Mond hing noch irgendwo am nachtblauen Himmel, und die Sterne, die wie kleine weiße Punkte aussahen, waren so weit weg, daß einem schwindlig werden konnte. Marder lief einmal ums Haus, dann setzte er sich auf einen flachen Stein im Torbogen. Das ganze Tal lag vor ihm. Die Blätter der Olivenbäume sahen aus wie Silber in dem silbernen Mondlicht, der Berg mit der Baumreihe hob sich schwarz gegen den Himmel ab, und die Bäume auf seiner Spitze waren gut

zu sehen. Und dort, in der Ferne, war ein Licht. Im Haus, in dem die beiden alten Menschen lebten und wo nun auch der Junge war, brannte noch Licht.
Wie von selbst begann Marder, an den Jungen zu denken. Eigentlich seltsam, überlegte er, daß der Junge das Foto aus der Zeitung gerissen hat. Und daß er es am Flußufer so betrachtet hat. Als würde er Hannibal kennen! Als sei er auch erschrocken gewesen über das Foto und traurig. Als sei er deshalb zum Fluß gekommen, um allein zu sein und nachzudenken. Das war natürlich Unsinn. Der Junge konnte Hannibal nicht kennen. Vielleicht hatte er ihn mal im Zirkus gesehen, aber das war etwas anderes. Und trotzdem ... trotzdem würde es Marder nicht erstaunen, wenn der Junge durcheinander gewesen wäre, ja sogar genauso verzweifelt, wie er es zuerst gewesen war. Weil er dachte, daß Hannibal ein schreckliches Unglück passiert war. Und kein Kröterich in der Nähe, nur die beiden alten Menschen, die von nichts eine Ahnung hatten. Kein Kröterich, der zu einem sagte: Schau, Hannibal mit seinem unermeßlichen Mut hat die Freiheit gewählt. Hannibal ist gesprungen! Und jetzt ist er auf dem Weg zu uns, und das müssen wir feiern.
Ach, was ich mir einbilde, sagte Marder zu sich selbst. Dann lauschte er scharf – er hörte, daß jemand den Pfad zwischen den Olivenbäumen heraufkam. Und er dachte: Schafbock kommt nach Hause.
So war es. Weiß hob sich Schafbock gegen den dunklen Himmel ab. Mit ruhigen Schritten lief er über den Hof und stellte sich zu Marder unter das Tor. Er sagte nichts, er räusperte sich sozusagen nur zum Gruß. Alles, was

Schafbock tat, tat er sehr würdevoll. Er lief würdevoll, er stieg würdevoll den Hang hinauf, und wenn er seinen Kopf senkte, tat er das würdevoll. Nie machte er einen Witz oder sagte irgend etwas nur so dahin, wie die anderen es so oft taten. Das würde auch gar nicht zu seinem Aussehen passen – sein schweres Fell von allerfeinster schneeweißer Wolle hing fast bis zum Boden, und er besaß zwei große, schön gekrümmte Hörner. Als Schafbock in Marders Haus einzog – es geschah in der Zeit, als Hannibal bei ihnen war –, war er noch jung und eigentlich nichts anderes als ein Lamm. Er war noch ein bißchen wild gewesen, aber schon bald fing er an, alles so bedächtig zu tun, daß er fast alt erschien. Er erzählte nie etwas von seinen Streifzüge über die Berge; er war ein schweigsames Tier, und wenn er mal etwas sagte, war es meist ganz unwichtig.

Marder sagte: „Es gibt Neuigkeiten von Hannibal. Er kommt bald her."

„So", sagte Schafbock.

„Ja. Er hat wieder die Freiheit gewählt, und das werden wir feiern. Wir werden ein großes Fest machen. Lenke deine Gedanken auch einmal in diese Richtung." Ohne es zu merken, sprach Marder immer ein bißchen salbungsvoll mit Schafbock.

„So?" sagte Schafbock wieder.

„Es muß ein gutes Fest werden. Morgen fange ich an, alles in Gang zu bringen."

„Ist das sicher?" fragte Schafbock.

„So sicher wie nur was", sagte Marder.

„Daß Hannibal kommt", sagte Schafbock.

„O ja, das ist sicher."
„Dann muß sein Stall aufgeräumt und saubergemacht werden", sagte Schafbock. „Die Schwalben haben sich dort eingerichtet."
„Daran hatte ich noch nicht gedacht. Und ein Fest, was hältst du davon?" fragte Marder.
„Das kommt von alleine."
Schafbock hob würdig den Kopf und schnaubte in die Luft. Er deutete mit einem Nicken zur anderen Seite des Tals und sagte: „Der kleine Mensch dort drüben schläft nicht. In seinem Zimmer brennt Licht."
„Woher weißt du das?"
„Weil ich es weiß."
Eine Weile blieb es still, und die Nacht war um sie herum mit ihrer Kühle und den Geräuschen, die nachts immer zu hören sind, die aus dem Wald kommen oder von noch

weiter. Dann fragte Schafbock: „Willst du ihn sehen? Man kann hineinschauen."
„Wo? Wen?" fragte Marder ein wenig erschrocken.
„Den Jungen", sagte Schafbock. „Ich schaue manchmal nach ihm."
„Nach ihm schauen? Dort im Haus? Wenn sie dich sehen, jagen sie den Hund auf dich."
„Die alten Menschen schlafen, und der Hund sitzt hinter Schloß und Riegel. Komm mit", sagte Schafbock.
Etwas Ruchloses tun, die Idee gefiel Marder. Er konnte nicht mehr länger so unbeweglich auf seinem Platz sitzen. Er fühlte sich zwar etwas ruhiger jetzt, in der Dunkelheit, aber er mußte immer wieder an Hannibal denken, auch wenn er nicht an ihn dachte. Er war oft auf der anderen Seite des Flusses gewesen, er kannte den Wald dort, die Brombeersträucher auf der Böschung, doch so nahe zu den Menschen hatte er sich noch nicht hingewagt.
Sie machten sich auf den Weg. Erst tauchten sie hinunter in die Dunkelheit zwischen den Olivenbäumen, dann liefen sie durch den Wald bergab, und schließlich gingen sie ruhig nebeneinanderher über den Sandweg zur Furt. Der Fluß plätscherte leise. Mühelos sprangen die beiden Tiere von einem Stein zum nächsten und erreichten das andere Ufer.
Um offenes Gelände zu vermeiden, wo sie im Mondlicht jeder sehen könnte, liefen sie in einem weiten Bogen unter dunklen Bäumen hindurch hinauf zum Haus. Schafbock ging voraus. Marder roch bereits die Gerüche, die zu einem Wohnplatz von Menschen gehören. Das Haus war klein. Unten befanden sich zwei Schafställe,

und die Außentreppe war nicht besonders steil. Oben sah man eine kleine Terrasse mit einem Dach aus Wellblechplatten und süß riechende Oleanderbäumchen in alten Dosen, in denen früher Olivenöl gewesen war. Aus einem der oberen Fenster drang Licht heraus.

Schafbock und Marder standen neben einer dicken Eiche und betrachteten das Haus. Die breite Blätterkrone über ihnen sah aus wie eine Wolke. Der Mond war schon hoch an den Himmel gestiegen und hing direkt über dem Tal. Weit weg erhob sich der Elefantenberg, fremd und dunkel. Schafbock ging auf das Haus zu und schnüffelte vor einer der Stalltüren auf dem Boden. Drinnen wurde ein paarmal leise geblökt, vom Hund war nichts zu hören.

Als Schafbock zu Marder zurückkam, flüsterte er: „Wir müssen auf die Rückseite.“ Mit einer Kopfbewegung bedeutete er Marder, ihm zu folgen.

Das Haus lag so dicht am Hang, daß hinten nur unter dem Dachrand ein Stück Mauer aus großen Steinen zu sehen war. Marder und Schafbock stiegen neben dem Haus hinauf. Oben mußten sie unter dem Dach hindurchkriechen zur anderen Ecke, wo Licht herausschien auf den Felsen. Dort war ein kleines Fenster ohne Glas, innen gab es einen Lukenverschluß, doch der stand offen. Das Fensterchen war voller Spinnweben, in denen Zweige und Blätter und auch ein paar Raupen und tote Hummeln hingen. Marder drückte sich steif gegen Schafbocks warme, wollene Rückseite und schaute hinein.

Der Junge lag auf dem Bett, die Hände unter dem Kopf, und starrte zu der Decke aus roh behauenen Baumstämmen und roten Dachziegeln.

Ganz still betrachtete Marder den Jungen. Und je länger er das tat, um so stärker fühlte er ein tiefes Mitleid. Er war sicher, daß der Junge aus Trauer und Sorgen nicht schlafen konnte, wegen dieses furchtbaren Gefühls, das man nach einem großen Schreck empfindet, wenn man weiß, daß mit einem Freund etwas Schlimmes passiert ist. Es konnte nicht anders sein – der Junge kannte Hannibal. Und er hat niemanden, mit dem er reden kann, dachte Marder. Keinen Kröterich, der ihn beruhigt.
Schafbock war groß und breit, deshalb war er unbehaglich zwischen den harten Felsen und dem Dachrand eingeklemmt. Um seine Lage zu verbessern, bewegte er sich, und ein Huf schrammte an der Wand entlang. Bei diesem Geräusch fuhr der Junge sofort hoch.

Es dauerte eine Minute oder zwei. Der Junge schaute von einem Tier zum anderen, seine Augen wanderten von Schafbock zu Marder und von Marder zu Schafbock. Die Tiere blickten zurück. Marder dachte, während er den Jungen anschaute: Wenn du Hannibal ebenfalls gern hast, mußt du dich freuen. Denn er kommt hierher, er ist frei!

Dann schoben sich die Tiere wieder die Wand entlang, kletterten nach unten und verschwanden in der Nacht.

Der Junge hatte sich zurückgelegt. Das Licht im Zimmer brannte noch, als er einschlief. Am nächsten Morgen, als er wach wurde, fühlte er sich froh und verstand nicht, woran das lag. Es schien, als habe ihm jemand im Schlaf etwas erzählt, was ihn beruhigte.

Ein Kapitel voller Traurigkeit und Freude

Am Morgen danach schlief Marder ein Loch in den Tag, und sobald er wach wurde, sah er auf dem Fußboden vor seinem Bett das Foto mit Hannibal liegen, und auf dem Foto stand Kröterichs kleine Erdkugel. Marder nahm die Erdkugel und betrachtete sie sehr genau. Viel Blau war zu sehen und verschieden geformte Flecken in anderen Farben, aber es standen keine Buchstaben darauf. Es ist schwer, auf so einer kleinen Kugel das Land Wuppertal zu finden, dachte Marder. Nehmen wir doch mal an, daß hier der Elefantenberg ist – er tippte auf einen gelben

Fleck –, wo könnte dann Wuppertal sein? Hier ungefähr, nehme ich an. Er tippte auf einen lilafarbenen Fleck. Wie lange würde Hannibal für diese Strecke brauchen? Eine Woche oder höchstens zwei. „Dann haben wir nicht viel Zeit, um das Fest vorzubereiten“, sagte er laut, sprang sofort aus seinem Bett und rannte hinunter.

Das Unangenehme am späten Aufstehen, fand Marder, war, daß die Sonne schon so hoch stand. Morgens schob sie sich langsam über den Gipfel des Elefantenbergs, und abends ging sie hinter dem Berg mit der Baumreihe unter. Und jetzt stand sie schon über dem Tal und beschien die Hänge des Elefantenbergs. Je weiter sie sich hinuntersenkte, um so greller wurde das Licht auf ihrer Seite des Tals. Und gegen Abend, wenn der Berg mit der Baumreihe schon ein dunkler Schatten war – wie ihrer morgens, und das mochte Marder am liebsten –, fielen die Strahlen der Sonne so, daß alles mögliche zu sehen war, was zu anderen Tageszeiten verborgen blieb.

Doch so spät war es jetzt noch nicht, und Marder beschloß, schnell zu Mutter Schwein zu gehen, um ihr alles zu erzählen. Diesmal hoffte er, sie wären alle zu Hause, damit es mit einmal Erzählen genug wäre. Keine halbe Stunde später erreichte er die kleine Lichtung im Wald. Hier war es still und friedlich, wie immer. Die Essenszeit war vorüber, alles war aufgeräumt, und Marder sah Mutter Schwein im Teepavillon sitzen. Sie war auf der Bank am Tisch gemütlich zusammengesunken, die Hände im Schoß. Sie döste ein wenig. Weil der Herbst schon vor der Tür stand, fielen die Sonnenstrahlen nun schräg in den Teepavillon herein, und Mutter Schwein hielt den Kopf

in den Nacken und ließ sich von den warmen Sonnenstrahlen streicheln.
Marder kam näher, und sobald Mutter Schwein ihn sah, rief sie: „Hallo, Marder! Das ist aber schön, dich hier zu sehen. Ich werde schnell mal ..." Und schon wollte sie aufspringen und zum Haus rennen. Um etwas zu essen und zu trinken zu holen, natürlich.
Marder drückte sie wieder auf die Bank und sagte: „Jetzt bleib mal ruhig sitzen. Für mich brauchst du nichts zu bringen. Wo sind denn die anderen?"
„Die drei sind dorthin gegangen." Mutter Schwein machte eine Handbewegung zum Waldrand hinüber. „Erdbeeren suchen. Aber willst du wirklich nicht ..."
„Walderdbeeren?" sagte Marder. „Die gibt es doch schon lang nicht mehr."
„Das weiß ich", sagte Mutter Schwein. „Aber sie haben solche Lust darauf, daß sie doch suchen wollen. Sollen sie eben, habe ich gedacht, machen sie halt einen schönen Spaziergang. Und im Vorratsschrank habe ich fünfzehn Gläser voll, sie kriegen also welche. Erdbeeren in Blätterteig, weißt du ... "
Marder unterbrach sie. „Schau dir das mal an." Er stellte die kleine Erdkugel vor Mutter Schwein auf den Tisch.
„Ein Spitzer", sagte Mutter Schwein.
„Ja, ein Spitzer. Aber auch noch was anderes. Das ist die Welt, Mutter Schwein. Auf dieser Welt leben wir."
Mutter Schwein drehte die Welt ein paarmal herum, stellte sie wieder auf den Tisch und blickte Marder ein bißchen verlegen an.
„Ja, irgendwo auf dieser Welt leben wir", sagte Marder.

„Und irgendwo, auch auf dieser Welt, ist Hannibal. Irgendwo weit weg oder nicht so weit weg."
„Ach, Marder", sagte Mutter Schwein. „Du mußt oft an ihn denken, nicht wahr? Aber dieser Spitzer ... Ich habe immer geglaubt, wir wohnen einfach auf dem Elefantenberg und nicht auch noch irgendwo anders. Na ja, ich weiß auch nicht soviel wie du. Und längst nicht soviel wie Kröterich."
„Nein, bestimmt nicht soviel wie Kröterich. Und jetzt schau dir das mal an." Marder legte das abgerissene Stück Zeitung auf den Tisch, mit dem Foto nach oben.
Mutter Schwein betrachtete das Bild nicht länger als zwei Sekunden, dann rief sie: „Oh!" und: „Oh! Oh!", und dann schlug sie die Hände vor die Augen, und ihre rosa Ohren fielen nach unten. „Oh", stöhnte sie, „oh, wie schrecklich. Wie schrecklich schlimm!" Wieder warf sie einen Blick auf das Foto, und Tränen rollten aus ihren Augen. Sie hob ihre Schürze hoch, hielt sie vor das Gesicht und ließ ihren Kopf auf den Tisch fallen. Ihr ganzer Oberkörper zuckte, und ihr Schluchzen wurde immer lauter. „Oh!" hörte Marder sie stöhnen, „oh, wie schrecklich!"
Was Marder auch tat, nichts konnte sie beruhigen. Er klopfte ihr auf den Rücken, er streichelte sie zwischen den Ohren, er versuchte, ihr die Schürze vom Gesicht zu ziehen, aber sie hielt sie fest. Dazwischen sagte er leise und beruhigend alle möglichen liebevollen Wörter zu ihr. „Mutter Schwein, liebe, liebe Mutter Schwein, du fürsorglicher Schatz, du. Es ist nicht so schlimm, wie du denkst. Was für ein Dummkopf ich bin, ich hätte es dir

erst erklären sollen. Wie konnte ich nur so dumm sein! Mach dir keine Sorgen, du Herz aus Gold, da passiert etwas ganz anderes, als du glaubst. Ich habe es zuerst auch gedacht, aber Kröterich ... Hör doch mal zu!"
Mutter Schwein hörte nicht zu. Sie schluchzte und schluchzte, und die Tränen machten ihre Schürze naß.
„Du heiliger Strohsack, was ist denn hier passiert?" erklang eine Stimme, und da kam die rheumatische Katze auf sie zugerannt, wie ein Wirbelwind, schneller als ein Tier mit rheumatisch krummen Pfoten eigentlich rennen kann. Die weiße Henne flatterte hinter ihr her, und da war auch schon Eichhorn und starrte sie verblüfft an.
„Wir haben keine Erdbeeren gefunden, aber das macht nichts, echt!" rief die weiße Henne. „Mutter Schwein, wein doch nicht so!"

„So weint man nicht wegen Erdbeeren, die es nicht gibt", sagte Eichhorn ohne Schwanz. „Es muß was Schlimmes passiert sein." Er überlegte, was wohl das Schlimmste war, das passieren konnte. Den Schwanz zu verlieren, meinte er. Einen Moment lang glaubte er, daß Mutter Schwein ihren Schwanz verloren hatte; heimlich lief er um den Tisch herum, um nachzuschauen. Dabei war ihm klar, daß der Verlust des Schwanzes für Mutter Schwein längst nicht so schlimm wäre, wie er für ihn war.
Die rheumatische Katze fragte mit zitterndem Stimmchen: „Marder, was ist los?"
„Gar nichts ist los", sagte Marder. „Doch, es ist schon was los, aber nichts Schlimmes. Ich habe es ihr noch nicht erklärt." Bedauernd blickte er sie der Reihe nach an. Er hätte es wissen können, daß Mutter Schwein beim Anblick des Fotos erschrecken würde und sich dann vor lauter Trauer nicht mehr helfen könnte. Genau wie er, als er das Foto zum erstenmal gesehen hatte. Und sie war so empfindsam mit ihrem goldenen Herzen voller Sorgen, für sie war der Schreck vielleicht noch schlimmer, auch wenn Hannibal vor allem sein Freund gewesen war. Und das ist er noch immer, dachte Marder. Bei diesem Gedanken erschien ein breites Lächeln auf seiner Schnauze.
Die Henne war auf den Tisch gesprungen. Sie sah das Stück Zeitung, und weil sie es nicht genau sehen konnte und ein Foto für sie nur etwas Undeutliches war, trat sie es mit dem Fuß zur Seite und sagte: „Was soll denn das da?" Die Zeitung rutschte über den Tisch und landete vor Eichhorn, der noch immer erschrocken die weinende Mutter Schwein betrachtete. Dann sah er das Foto.

„Das ist Hannibal“, sagte Eichhorn.
„Hannibal? Wo denn?“ Die Katze setzte sich neben ihn. „Hannibal“, flüsterte sie dann. „Hannibal... er stürzt ab!“ Sie stieß einen lauten, schrecklichen Schrei aus und rannte zu Mutter Schwein, kletterte auf ihren Schoß und drückte sich fest an sie. „Mutter Schwein, oh, Mutter Schwein, hast du das gesehen?“ jammerte die Katze. „Er fällt so tief! Er fällt, er fällt sehr, sehr ... Oh, was für ein schreckliches Unglück! Er bricht sich die Pfoten, er bricht sich den Rüssel, er bricht ... oh, oh, oh!“
Nun saßen Katze und Mutter Schwein da und weinten um die Wette, und Mutter Schwein stöhnte noch schrecklicher und weinte noch lauter als vorher, denn zusammen weint es sich nun mal besser als allein.
Die weiße Henne lief zu dem Foto hin. „Ist das Hannibal?“ fragte sie erstaunt. „Ich hätte geglaubt, es wäre eine Wolke oder so, die vom Berg rollt.“
Und während der ganzen Zeit saß Eichhorn da und betrachtete still das Foto. Er sah ganz genau, was darauf abgebildet war, aber er verstand es nicht. Er verstand nicht, daß etwas passieren konnte, was so schlimm war – etwas, was viel schlimmer war als das, was ihm damals geschehen war. Denn er verstand wohl, daß Hannibal auf diesem Foto zu Tode stürzte, doch was genau los war, ging über seinen Verstand. Fragend blickte er Marder an. Und Marder saß da, mit einem seltsamen Ausdruck auf dem Gesicht. Ein bißchen schuldbewußt sah er aus, doch das war es nicht allein.
Wie aufgeregt Marder ist, dachte Eichhorn. Na ja, das verstehe ich natürlich, daß er aufgeregt ist, aber nicht auf

eine solche Art. Warum sieht er so ... so froh aus? Und er rief: „Marder, sag doch endlich, was du sagen willst."
Da schauten sie plötzlich alle Marder an. Auch Mutter Schwein hob den schmerzenden, tränennassen Kopf und blickte ihn an. Und Marder begann schnell zu reden, um ihnen gleich die Traurigkeit zu nehmen, die sie durch seine Dummheit empfanden. Er wollte sie gleich so froh machen, wie sich das bei guten Nachrichten gehört.
„Es ist nicht das passiert, was ihr denkt", sagte er. „Im Gegenteil. Ich habe es zuerst auch gedacht, aber Kröterich ..., nun, um es kurz zu machen: Er springt heraus!"
Sie blickten ihn verblüfft an und riefen alle durcheinander: „Nein, das ist nicht wahr!" und „Wieso denn das? Jetzt sag's endlich mal!" Und die rheumatische Katze sagte: „Aber er hat sich doch sicher alle vier Pfoten gebrochen und seine Zähne und seinen Rüssel auch." Es fiel ihr nun mal immer ein bißchen schwer, die Dinge von der anderen Seite zu betrachten.
„Jetzt hört doch mal ruhig zu", fuhr Marder fort. „Dieses Foto ist aus einer Zeitung gerissen. Es ist das Stück Papier, das der Junge betrachtet hat, neulich, an dieser Seite des Flusses. Eichelhäher hat es mitgenommen und aufgehoben."
„Als ich ins Wasser ... ?" fragte Eichhorn.
„Ja, als du ins Wasser gefallen bist", sagte Marder freundlich. „Hannibal springt aus dem Zug hinunter." Und dann erklärte er ihnen, wie Hannibal die Gefahr gesehen hatte, als dumme Menschen ihn in einem Zug transportieren wollten, der an einem Seil hängt, und wie er im richtigen Moment hinaussprang. Über einem Fluß, so

daß er im Wasser davonschwimmen konnte. Und daß er jetzt auf dem Weg zum Elefantenberg war, wo er aufs neue seine Freiheit genießen konnte. „Er kann also jeden Moment hier sein", schloß Marder seinen Bericht.
Eine Weile war es still um den Tisch im Teepavillon. Es dauerte einen Moment, bis sie alles verstanden hatten, diese andere Neuigkeit, die freudig statt traurig war. Die drei kleinen Tiere und Mutter Schwein dachten an Hannibal. Sie erinnerten sich daran, wie schön es gewesen war, mit ihm zusammenzusein, wie man immer seine große Weisheit und seine Ruhe fühlen konnte. Es fiel ihnen wieder ein, wie er mit seiner hohen, weichen Stimme sprach, die man von diesem großen grauen Tier gar nicht erwartete. Und auch, wie er durch den Rüssel blies und was ihn immer für ein angenehmer Geruch umgab.
Die weiße Henne sagte als erste etwas: „Ich habe nicht gewußt, daß Hannibale schwimmen können."
„Das weiß doch jeder, daß Hannibale schwimmen können", sagte die Katze. „Aber hat er sich wirklich nichts gebrochen?"
„Solche großen Tiere treiben von allein auf dem Wasser, sie sind wie Schiffe", sagte Eichhorn.
„Und wenn er naß wird, ist das auch nicht schlimm", meinte die Katze, „denn er hat fast keine Haare. Und wenn man ins Wasser fällt und keine Haare hat, dann wird man nicht naß."
„Mit Federn wird man schon naß", sagte die Henne. „Wenn man lang genug im Wasser ist."
„Sagt mal, sollen wir ihm entgegengehen?" schlug Eich-

horn vor. „Dann gehen wir auf die andere Seite des Elefantenbergs, wie beim letzten Mal. Um zu sehen, ob er schon kommt."

„Nein, das tun wir nicht", sagte Marder. „Denn diesmal wissen wir nicht, von welcher Seite er kommt. Er muß den ganzen Weg von Wuppertal kommen, das ist das Land, wo er hinuntergesprungen ist. Schaut mal, es steht unter dem Foto. Also kann er genausogut über den Berg mit der Baumreihe kommen, oder er kann dem Fluß folgen, stromaufwärts oder stromabwärts."

„Er folgt natürlich dem Fluß, das ist für ihn am bequemsten", sagte die weiße Henne. „Erst schwimmt er die Wupper entlang, dann in unseren Fluß. Aber hier wird er laufen müssen, es gibt nicht viel Wasser."

Meist hatte Marder nicht besonders viel Geduld mit der weißen Henne. Sie sagte immer so dumme Sachen. Doch heute war alles anders. Geduldig erklärte er ihr: „Wuppertal, Henne, so heißt das Land, in dem Hannibal in die Freiheit gesprungen ist. Das hat nichts mit einem Fluß zu tun, verstehst du?"

„Natürlich, das Land Wuppertal, das versteht man doch sofort", sagte Eichhorn.

„Oh, ich habe gedacht", sagte die Henne, „ich habe gedacht, es wird ein Tal sein, und dann heißt der Fluß bestimmt Wupper."

Alle lachten leise über die weiße Henne, und die Henne betrachtete noch einmal das Foto, in der Hoffnung, dann alles besser zu verstehen.

Mutter Schweins Tränen waren getrocknet. Spuren der Traurigkeit waren noch auf ihrem Gesicht zu sehen, und

ihre Augen waren noch rot, aber sie schaute fröhlich von einem zum anderen. „Es wird also alles gut?“ fragte sie. „Dann gehe ich jetzt endlich mal ... das müssen wir doch feiern!“ Sie wollte wegrennen, aber Marder hielt sie zurück.
„Ja, wir werden es feiern“, sagte er. „Kröterich hat es auch schon gesagt. Ich habe mir überlegt, daß wir ein großes Fest machen. Ein sehr großes Fest, um ihn willkommen zu heißen, damit alles festlich ist, wenn er ankommt.“
„Und wann kommt er?“ fragte die Katze.
„Das können wir nicht wissen. Vielleicht morgen, vielleicht übermorgen. Oder in einer Woche. Wir haben also nicht viel Zeit, um das Fest vorzubereiten.“
„Ein schöner Plan von dir und Kröterich“, sagte Eichhorn ohne Schwanz.

„Von Kröterich“, sagte Marder bescheiden.
Mutter Schwein war zögernd stehengeblieben, doch nun rannte sie davon, während sie über die Schulter rief: „Aber jetzt müssen wir auch ein bißchen feiern. Nur für uns selbst, weil wir so froh sind.“
Sie trabte ins Haus und machte sich an die Arbeit. Sie holte die Blätterteigstücke zum Vorschein, die sie schon morgens gebacken hatte, füllte sie mit Erdbeeren aus dem Vorratsschrank und schleppte ein großes Tablett hinaus. Noch fünfmal trabte sie hin und her, vom Haus zum Teepavillon und zurück, und die anderen schmausten schon, während sie immer neue Leckereien anschleppte, dazu Flaschen und Gläser, Servietten und Salzstangen und kandierte Mandeln. Und dann ging sie noch mal, um den Nußknacker zu holen.
Die Sonne schien schon längst nicht mehr in den Teepavillon. Unter den Bäumen hing die Dämmerung, und das Stück Himmel, das von ihrem Platz aus zu sehen war, wurde blasser.
Es wurde ein richtig festlicher Abend, wie sie ihn liebten. Nie zuvor hatten Walderdbeeren so herrlich geschmeckt wie diesmal, auch wenn sie nicht frisch gepflückt waren. Nie hatten sie mit solchem Vergnügen den wegspringenden Nußschalen nachgeschaut oder sich gegenseitig die Teller mit Leckereien zugeschoben, ohne sich selbst erst das Beste herauszusuchen. Aus dem Wald kam der Gesang der Nachtigall, und der kleine braune Vogel flötete schöner, als er es den ganzen langen Sommer über getan hatte. Es war, als wüßte auch er, daß Hannibal bald kommen würde und daß alles gut war auf dem Elefantenberg.

Wolf

Der Herbst, der schon so lange zögernd vor der Tür gestanden hatte, schob an diesem Tag seinen Fuß über die Schwelle und weigerte sich, ihn zurückzuziehen. Für die Sonne war das nicht angenehm: Schon eine ganze Weile stand sie später auf und ging früher schlafen, deshalb mußte sie sich beeilen auf ihrem Weg von einer Bergreihe zur anderen. Sie wählte einen kürzeren Weg und stieg nicht mehr so hoch am Himmel hinauf, und die Schatten, die die Bäume auf das goldfarbene Gras warfen, wurden länger. Es begann zu nieseln, ein dünner Regen ohne wirkliche Tropfen, die alles naß machten, und als die Sonne wieder durchbrach, dampfte die Erde, und alles wurde in einen feinen Nebel gehüllt. Die Weiden waren die ersten, die ein paar gelbe Blätter fallen ließen.

Es war an einem solchen herbstlichen Tag mit nassem Gras und tropfenden Bäumen, als Wolf auf dem Elefantenberg ankam. Er hatte eine lange Reise hinter sich und suchte einen geeigneten Ort, wo er den Winter verbringen könnte. Den ganzen Sommer über war er allein durch das Land gestreift, hatte mal da, mal dort ein paar Tage verbracht, und nirgends war er wirklich freundlich aufgenommen worden.

Wolf war alt. Bis zum Sommer hatte er mit einem kleinen Rudel Artgenossen gelebt, als Rudelführer. Sie waren durch wilde Gebiete im fernen Norden gezogen und hatten getan, was sie wollten, ohne sich darum zu kümmern, ob sie anderen vielleicht im Weg waren. Sie hatten genommen, was sie brauchen konnten, ohne erst darum zu bitten. Im Frühjahr hatte Wolf gemerkt, daß die anderen seines Rudels nicht mehr auf ihn hörten; ein junger Neffe gab fortan den Ton an und bestimmte, welche Route sie einschlugen. Als Wolf in seinem normalen befehlenden Ton sagte, was getan werden sollte, reagierten sie mit heimlichem Lächeln und taten das Gegenteil, um ihm zu zeigen, daß seine Zeit vorbei war. Das war eine seltsame und unangenehme Erfahrung für ihn gewesen, und eines Nachts war er, ohne etwas gesagt zu haben, davongelaufen.

Als Wolf noch jung gewesen war, hatte er immer einen trabenden Lauf angeschlagen. An diesem Morgen, als er zum erstenmal hoch auf dem Elefantenberg in den Wald eindrang, glich sein Gang eher einem vorsichtigen Kriechen. In seinem grauen Pelz hingen Tropfen, und an seinen Pfoten klebte Schlamm. Er war müde und sehnte sich nach einem Platz, wo er sich ungestört ausschlafen konnte. Hätte er sich aufmerksam umgeschaut, wie er es von früher gewohnt war, hätte er gemerkt, daß der Elefantenberg nicht aussah wie andere Berghänge. Sehr hoch oben, nicht weit vom Gipfel, waren die Bäume am Waldrand mit bunten Girlanden geschmückt. An einem gewundenen Pfad, der steil nach unten führte, waren an einem Seil Lampions aufgehängt worden. Und auf einer Waldlichtung stand ein langer Stock im Sand, an dem mindestens zwanzig Luftballons an Schnüren ruhig in der Luft schwebten. Doch Wolf bewegte sich vorwärts, ohne sich umzuschauen, und bemerkte noch nicht einmal den Schmuck aus Silberpapier, der auf einer anderen

Lichtung eine Art Höhle aus Geißblattsträuchern umgab. Dort standen ein Tisch, eine Bank und ein paar Stühle. Wolf streckte sich auf der Bank aus und schlief sofort ein. Mutter Schwein fand ihn, als sie nach Hause kam, um das Mittagessen vorzubereiten. Sie ließ sich auf einen Stuhl fallen und betrachtete ihn. Sie weckte ihn nicht, denn ihr war klar, wenn jemand tagsüber schlief, so mußte er tod-, todmüde sein. Im Schlaf zuckte Wolf ein paarmal mit den Pfoten; vielleicht träumte er, daß er wieder jung war und über die höchsten Bergpässe lief. Mutter Schwein wußte, daß er kein Hund war, auch wenn er aussah wie einer, aber sie konnte ihn auch nicht einordnen, so ein Tier hatte sie noch nie gesehen. Auf dem Boden lag ein Rucksack mit festgeschnürtem, zusammengerolltem Schlafsack und Eßgeschirr an den Riemen, und am Tisch lehnte ein knorriger Wanderstab. Das alles erstaunte Mutter Schwein nicht, wohl aber, daß Wolf, der auch im Schlaf etwas Mutiges und Männliches an sich hatte, sich selbst mit einer Perlenschnur geschmückt hatte.

Wir werden ja sehen, dachte Mutter Schwein und ging hinein, um einen großen Topf Bohnensuppe zu kochen. Der dort im Teepavillon wird sicher einen gewaltigen Hunger haben, dachte sie. Sie summte, während sie die Zwiebeln und den Knoblauch schnitt, eines der alten Lieder, die sie so gern zusammen sangen. An diesem Tag war sie sehr zufrieden mit ihrem Leben. „Zitronenpudding haben wir auch noch“, sagte sie laut. „Ob er reicht, wenn er auch mitißt? Notfalls kann ich immer noch Pfannkuchen backen. Gut, dann mache ich jetzt schon mal den

Teig ...“ Und sie schlug Eier auf und rührte sie, denn die Katze und Eichhorn liebten leichte, luftige Pfannkuchen.
Die drei kleinen Tiere kamen laut lärmend nach Hause. Sie unterhielten sich darüber, was heute alles getan werden mußte, um das Fest vorzubereiten. Deshalb sahen sie nicht, daß in ihrem Teepavillon ein Gast lag und schlief.
„Heute nachmittag helfe ich Marder beim Holzsuchen“, sagte Eichhorn. „Es muß alles zur Weide vor Kröterichs Haus gebracht werden, für das Freudenfeuer. Eigentlich ist es Kröterichs Aufgabe, aber der ... na ja.“
Die Katze kicherte. „Ich sehe Kröterich schon Holz schleppen“, sagte sie. „Das würde ein sehr kleines Feuerchen. Nein, Holz suchen, das ist was für mich. Ich werde euch helfen.“
„Kümmere du dich lieber um deine Luftballons“, sagte Eichhorn, der lieber allein mit Marder arbeitete. „Die wiegen nichts, das kannst du leicht machen.“
„Ich mache heute nachmittag Nelken aus Kreppapier, zusammen mit Mutter Schwein“, sagte die weiße Henne. „Nelken in Rot und Rosa und Weiß.“
Wolf wachte von ihrem Geplauder auf und sah sie ins Haus gehen. Die Tür blieb offen, und ein herrlicher Essensgeruch drang heraus, direkt zum Teepavillon. Wolfs Magen knurrte. Er dehnte sich und richtete sich langsam auf, und als Mutter Schwein aus dem Haus trat, um ihn zum Essen einzuladen, kam er ihr schon auf halbem Weg entgegen. Sie brauchte gar nichts zu sagen. Er setzte sich wie selbstverständlich an den Tisch, als habe er schon viele Male mit ihnen gegessen. Die anderen Tiere betrachteten ihn ein bißchen verwirrt und sagten nicht

viel. Es kam ihnen gar nicht in den Sinn, ihn etwas zu fragen.
Als die Bohnensuppe verteilt wurde, sagte Wolf, er äße nie Suppe. „Denn", sagte er, „Suppe hat nur wenig Nährwert, weil sie zum größten Teil aus Wasser besteht." Aber noch bevor die anderen Tiere ihren Teller halb leer gegessen hatten, stand er auf, ging zum Herd und nahm sich eine zweite Portion. Bei allem, was Mutter Schwein ihm danach anbot, nickte er und nahm sich eine ordentliche Menge.
Mutter Schwein hatte so Angst gehabt, es könnte nicht reichen, daß sie die Mahlzeit mit Zwischengängen aus leckeren Häppchen angefüllt hatte. Und so aß Wolf fünf dicke Gurken mit einem Löffel Mayonnaisensoße, er schmierte sich dick die Butter auf seine Crackers und schnitt Käse in daumendicke Scheiben. Doch als schließlich der Zitronenpudding auf den Tisch kam, sagte Wolf, Saures sei nicht gut für seinen Magen. Er wollte nur einen kleinen Löffel probieren. Dann aß er die ganze Schüssel leer, ohne zu fragen, ob die anderen vielleicht auch etwas wollten. Am Schluß backte Mutter Schwein – nur für ihn, die anderen hatten genug gegessen – einen Apfelpfannkuchen, über den er sich ein halbes Glas Honig goß.
Während Wolf auch das noch mit Appetit aß und die kleinen Tiere zuschauten, sagte die weiße Henne: „Früher lebte hier ein Lamm. Jetzt ist er ein Schafbock, und er wohnt bei Marder."
„Warum erzählst du das denn?" fragte Eichhorn.
„Na ja, ich mußte plötzlich daran denken", meinte die weiße Henne.

„Weil Mutter Schwein für ihn auch immer etwas extra gekocht hat“, sagte die Katze. „Weil Lamm, ich meine Schafbock, als er noch ein Lamm war, nie mit uns mitessen wollte.“
„Ja, und dann schliefen wir auf unseren Kissen, und Mutter Schwein in der Hängematte. Denn als Lamm größer wurde, war kein Platz mehr im Bett“, sagte die weiße Henne. Sie hielt den Kopf schief und schaute Wolf an, der ruhig weiteraß.
„Ja, und wie krank Lamm war“, sagte Mutter Schwein, um Wolf zu zeigen, daß die Katze und die Henne es nicht unfreundlich gemeint hatten.
„Erst lag Lamm im Kamin. Und das war schrecklich“, erzählte die Katze. „Wenn kein Feuer an ist, tut mir das Rheuma in den Pfoten weh. Und dann mußten wir umziehen, wißt ihr noch? Weil das Haus zu klein wurde, mit Lamm. Ich meine mit Schafbock. Ach, ist das lästig, wenn jemand sich einen anderen Namen zulegt.“
„Nun, so etwas tun wir nicht ein zweites Mal“, sagte Eichhorn ohne Schwanz. „So dumm ist man wirklich nur einmal.“ Er sah, daß Mutter Schwein und die Katze ihm böse Blicke zuwarfen, ihm ein Zeichen gaben und unauffällig auf Wolf deuteten. Deshalb fügte er schnell hinzu: „Aber es war auch ganz schön, als es Winter wurde und wir mit Marders Schlitten den Berg hinunterfahren konnten. Vor dem Umzug, wißt ihr noch?“
„Damals wohnte Hannibal noch bei Marder“, sagte die Henne.
Wolf hatte den Pfannkuchen aufgegessen. Er wischte sich den Mund an einem Zipfel der Tischdecke ab und sagte:

„Ein Täßchen Kaffee paßt immer noch rein, nach dem Essen. Mit einem Keks dazu, um die Löcher zu füllen."
Die weiße Henne hatte ihren eigenen Gedanken nachgehangen, jetzt sagte sie: „Ich kann sehr gut auf dem Bettrand schlafen. Wenn ich nicht runterfalle. Aber Mutter Schwein ist viel zu groß."
„Heißt du Mutter Schwein?" fragte Wolf und blickte Mutter Schwein an. Sie nickte. „Du brauchst dir für mich keine Umstände zu machen", sagte Wolf. „Ich bin es gewohnt, das ganze Jahr im Freien zu schlafen. Dicht an der Erde und über dir die Sterne. Dann fühlt man, was Leben heißt, weißt du."
Sie verstanden nicht, was er meinte, und blickten ihn wieder still an. Mutter Schwein goß ihm Kaffee ein.
„Marder wohnt in einem richtigen Haus. Und Schafbock auch, und Hannibal auch, früher", sagte die Henne.
Wolf rührte in seinem Kaffee und sagte: „Dein Körper ist dein Haus, und dein Haus ist dein Körper. Wenn dir das nicht reicht, stimmt etwas nicht mit dir." Und zu Mutter Schwein sagte er: „Du machst einen guten Kaffee."
Weil die Henne Hannibals Namen schon zweimal genannt hatte, begannen sie nun, sich über das Fest zu unterhalten. Eichhorn gab sich große Mühe, Wolf zu erklären, was für ein Tier Hannibal war und daß sie ein Fest vorbereiteten, um ihn willkommen zu heißen. Und daß er jeden Tag ankommen könnte. Wolf sah nicht aus, als höre er richtig zu, er schaute Eichhorn auch nicht an, während dieser auf ihn einredete. Und Eichhorn dachte ein bißchen eifersüchtig: Der braucht uns gar nicht, der hat genug an sich selbst.

In der Nacht schlief Wolf im Teepavillon. Er rollte seinen Schlafsack oben auf dem Tisch aus, kroch hinein, und fertig war er.
Mutter Schwein machte sich Sorgen. Sie konnte nicht einschlafen und fragte sich, ob sie wirklich gastfreundlich genug gewesen war. Noch nie hatte jemand, der sie besuchte, draußen im Teepavillon geschlafen. War es dort nicht zu kalt für den Gast? Sollte sie ihm nicht doch eine Decke bringen? Aber dann müßte sie mit ihrem dicken Körper über die Katze, die Henne und Eichhorn steigen, und die schliefen so gut und ließen nur die vertrauten Traumgeräusche hören. Deshalb ließ sie es lieber bleiben.
Nachdem sie eine ganze Weile unruhig geschlummert hatte, wurde sie wach. Es regnete. Mutter Schwein hörte, wie der Regen ans Fenster schlug. In der schwelenden

Asche zischte es, Tropfen fielen durch den Kamin. Das wird nichts da draußen, dachte Mutter Schwein, das Geißblatt hält den Regen höchstens eine halbe Stunde ab. Sie kam unter der Decke hervor und kroch so vorsichtig wie möglich zum Fußende des Bettes. Eichhorn murmelte etwas im Schlaf, und Henne gackerte kurz auf. Sie wurden nicht wach.
Mutter Schwein zündete eine Laterne an und suchte Regenschirme zusammen. Zwei hingen an der Garderobe, einer stand in der Ecke neben der Haustür, und im Schirmständer fand sie drei. Die Schirme unter den Arm geklemmt, in der anderen Hand die brennende Laterne, ging sie hinaus.
Sie hielt das Licht hoch und betrachtete Wolf. Zum Glück schlief er noch. Doch das Geißblatt leckte bereits, der Schlafsack zeigte schon nasse Flecken, und ein dicker Regentropfen zerplatzte auf Wolfs Nase. Mutter Schwein erschrak. Sie verstand nicht, daß ein Tier so fest schlafen konnte. Schnell hängte sie die Laterne an einen Baum und öffnete der Reihe nach die Regenschirme. Sie stellte sie um den Tisch herum, so daß sie aneinanderlehnten und Wolf in seinem Schlafsack wie unter einem Dach lag. Mit einem Gefühl der Zufriedenheit ging Mutter Schwein ins Haus zurück.
Sie trocknete sich ab und legte ein paar dürre Zweige in die Asche des Kamins. Die fingen sofort Feuer. Nun, da es regnete, war es für die rheumatische Katze besser, wenn das Feuer auch nachts nicht ausging; in einem feuchten Haus litt das arme Tier Schmerzen. Mutter Schwein hatte Lust auf eine Tasse Tee, wollte aber keinen Lärm machen.

Sie schaute kurz nach den schlafenden Tieren, stopfte die Decke unter der Matratze fest und stieg, nachdem sie noch ein paar Holzscheite ins Feuer geworfen hatte, vorsichtig ins Bett.
Am nächsten Morgen war Wolf verschwunden. Die Regenschirme lagen verstreut auf dem Hof.

Jeder weiß, wie gastfreundlich Kröterich ist. Um welche Tageszeit du auch zu ihm kommen magst, sobald er wach ist, wird er dir etwas anbieten. Eichelhäher, der immer früh aufstand und den Tag damit begann, daß er ein paar Stunden über das Tal flog, klopfte regelmäßig gegen elf bei ihm an, und dann brauchte Kröterich nur eine Handbewegung zu machen und „wenn du Lust auf irgend etwas hast, Eichelhäher, dann nimm's dir" zu murmeln, da sprang Eichelhäher auch schon auf, schaute in den Schrank und stopfte sich mit den wunderbaren Sachen voll, die Kröterich in seinen Vorräten hatte. Denn Kröterichs Schrank war immer gut gefüllt. Und wenn viele Freunde zu Besuch kamen, ließ Kröterich den einen dies aus dem Schuppen holen, den anderen das zubereiten, bis sie alle gut versorgt waren.
Wolf war nach dieser einen Nacht bei Mutter Schwein verschwunden. Sie sahen und hörten nichts mehr von ihm, doch am Ende der Woche tauchte er bei Kröterich auf. Der war zum erstenmal nach dem Regen draußen. Er saß auf der Bank vor seinem Haus und betrachtete das dampfende Feld. Die Sonne schien herbstlich. Kröterich hatte einen Wollschal um den Hals gebunden, er fühlte eine ankommende Erkältung. Wolf schob das schief hän-

gende Gartentor auf, betrachtete einen Moment den überwucherten Garten und kam dann auf Kröterich zu. Dicht vor Kröterich blieb er stehen; seinen Rucksack ließ er auf den Boden fallen.

Kröterich hatte durch die halbgeschlossenen Augenlider die schräg fallenden Sonnenstrahlen und den Waldrand in der Ferne betrachtet, wo schon rote und gelbe Flecken zu sehen waren. Ihn bewegten Gedanken über das Vergehen der Zeit und die Jahreszeiten, die verschwanden. Wolf verdeckte ihm die Aussicht. Deshalb deutete Kröterich auf den Platz neben sich und sagte: „Setz dich doch."

Wolf blieb sitzen, auch als Kröterich, zitternd in seinem Morgenrock, sich von der Bank erhob und ins Haus ging. Ein paar Stunden später klopfte Wolf an der Tür und kam, ohne eine Antwort abzuwarten, ins Haus. Kröterich schlief, aber er schlief nicht so fest, als daß er nicht gemerkt hätte, daß jemand im Zimmer war. Wolf betrachtete eine Weile das Bild über Kröterichs Bett. „Gar nicht so schlecht", sagte er, und dann betrachtete er sich alles andere, was an den Wänden hing. Er sah sich selbst im Spiegel und die Lampe an der Decke. Er schob den Vorhang zur Seite, um hinauszuschauen, dann begutachtete er die Gegenstände, die auf Kröterichs Kaminsims standen und auf dem Tisch lagen, doch er berührte nichts. Und als er alles gesehen hatte, setzte er sich in einen bequemen Sessel und wartete. Kröterich hatte ihn die ganze Zeit beobachtet.

Als Kröterich sich ein wenig von dem Draußensitzen ausgeruht hatte, richtete er sich auf und tat, als wache er gerade auf. Sie schauten einander an, aber Wolf sagte nichts; er saß einfach da, so normal, als komme er schon seit Jahren in Kröterichs Haus und sei es gewohnt, leise zu sein, wenn dieser schlief. Kröterich zog eine Augenbraue hoch, seine Mundwinkel sackten nach unten, und höflich fragte er: „Möchtest du vielleicht etwas essen?"

So begann Wolfs Aufenthalt bei Kröterich. Nachts schlief er draußen auf der Bank, tagsüber lief er ein bißchen herum, aber immer ganz in der Nähe, und wenn es Zeit war, etwas zu essen oder zu trinken, war er stets da und aß und trank zusammen mit Kröterich. Manchmal hackte er Anmachholz und brachte es hinein, manchmal stellte er einen Kessel mit Wasser auf oder briet Eier für sich und Kröterich, doch viel mehr tat er nicht. Der Stapel mit schmutzigen Tellern, der im Spülstein stand, wurde höher und höher, der Berg leerer Dosen und Joghurtbecher in der Ecke neben der Anrichte auch. Doch seine eigenen Sachen räumte Wolf immer gut auf, die steckte er in seinen Rucksack. Und ein Rucksack mehr oder weniger fiel in Kröterichs vollem Haus nicht auf.

Es waren etwa zehn Tage verstrichen, vielleicht waren es auch schon zwanzig, als Kröterich eines Nachmittags seine schwarze wattierte Zudecke nach draußen schleppte und sie auf der Schafweide unter der großen Eiche ausbreitete. Es war ein warmer Herbsttag, und an diesem Nachmittag war der Hang des Elefantenbergs in Sonnenlicht gebadet. Ein Stück weiter oben lag der hohe Stapel Brennholz, den Marder für das Freudenfeuer gesammelt hatte, das am Abend des Festes angezündet werden sollte. Und da kam Marder auch schon. Kröterich

sah, wie er nach vorn gebeugt lief und ein Bündel Zweige hinter sich herzog.
Marder saß noch nicht lange bei Kröterich auf der Decke, als sie Eichelhäher sahen, der dicht über dem hohen Gras hin und her flog.
„Eine merkwürdige Art des Fliegens“, sagte Kröterich.
Eichelhäher ließ sich neben ihnen nieder und sagte: „Hallo, ihr beiden, guten Tag, Kröterich, guten Tag Marder.“ Dann stellte er sich mit dem Rücken zu ihnen und hielt Ausschau. In der Ferne ragten zwei weiße Punkte, die sich heftig bewegten, über dem Gras heraus. „Ich habe sie mitgebracht“, sagte Eichelhäher. „Sie kann das kleine Zeug zusammensuchen. So tun wir alle was.“
Die weiße Henne kam rennend und flatternd auf sie zu, manchmal einen Meter über dem Boden, dann wieder auf dem Gras, wobei sie die Pfoten nachzog. Marder und Kröterich betrachteten sie schweigend. Die arme Henne gab sich große Mühe, aber daß sie „flog“, konnte nun niemand behaupten.
Eichelhäher sagte: „Ich gebe ihr nun schon wer weiß wie lange Unterricht, aber sie kommt einfach nicht vom Boden los. Es wäre so gut für sie, sie würde viel mehr verstehen. Ein gesunder Geist, sage ich immer, in einem gesunden Körper, der sich in die Höhe heben kann. Vom Boden lösen, versteht ihr? Ihr nehmt es mir doch nicht übel, daß ich das sage.“
„Sie ist nicht dafür gemacht“, sagte Marder. „Ihre Flügel sind zu klein.“
„Ach nein“, sagte Eichelhäher, „wo ein Wille ist, ist auch ein Weg.“

„Ein Weg durch die Luft für den, der fast keine Flügel hat? Du verlangst zuviel von ihr, Eichelhäher." Marder dachte an Hannibal, der sich so sehr nach Freiheit gesehnt hatte, daß er den Weg durch die Luft gewählt hatte. Und er hatte überhaupt keine Flügel. „Wir sind nicht alle so wie Hannibal", sagte er.
Die Henne erreichte die ausgebreitete Decke, keuchend und gackernd; sie wollte eine Menge sagen, aber die Worte blieben irgendwo in ihrer Kehle stecken. Da ließ sie sich einfach auf die Decke plumpsen und sagte nichts.
„Los, an die Arbeit", sagte Eichelhäher.
Doch Marder widersprach. „Laß sie doch erst ein bißchen ausruhen. Wir fangen schon mal an. Kröterich, du mußt sagen, wie du es haben willst."
Es war Kröterichs Idee gewesen, für das Fest einen großen Berg trockenes Holz zu sammeln, bei ihm auf der Schaf-

weide. „Ein Feuer gehört dazu“, hatte er gesagt, „das ist ein Brauch aus ältesten Zeiten.“ Nun saß er, oder besser: er lag da und schaute zu, wie die beiden anderen die Zweige, die herumlagen, aufeinanderstapelten, die dicksten nach unten, das dünne Holz oben, und den Haufen schließlich mit Brombeergestrüpp abdeckten. Das ganze Holz hatte Marder in den vergangenen Wochen zur Schafweide geschleppt. Die weiße Henne war eigentlich mitgekommen, um kleine Zweige und Stöckchen aufzuheben und auf den Holzstapel zu werfen. Es sollte kein schlampiges Feuer werden, hatte Kröterich gesagt. Aber die Henne lag nun, erschöpft vom Fliegen, platt auf der Decke und schlief. Und so ließen sie sie liegen, Marder und Eichelhäher, und als sie mit ihrer schweren Arbeit fertig waren, machten sie sich gemeinsam noch daran, das Kleinholz aufzusammeln.

Während sie arbeiteten und die Henne schlief, lag Kröterich auf der Decke und schaute ihnen zu. Vor allem schaute er Marder zu und schüttelte immer wieder mitleidig den Kopf. Den ganzen Sommer hatte er Marder nicht so tatkräftig und fröhlich gesehen. Kröterich wußte, daß Marder sich nun noch mehr als sonst nach Hannibal sehnte. Und daß ihm nichts zuviel war, keine Arbeit, die getan werden mußte, um das große Fest vorzubereiten. Ja, die erwartungsvolle Sehnsucht nach Hannibals Ankunft machte Marder glücklich. Und Kröterich, mit seinen düsteren Vermutungen, fühlte sich bedrückt von all der Fröhlichkeit, dem aufgeregten Getue und Geschleppe der anderen. An einem Tag wie diesem fühlte er sich noch schwermütiger als sonst, nun, da auch die Sonne

noch schien und der Elefantenberg allein durch das goldene Licht schon festlich aussah.
Sie waren fertig. Eichelhäher und Marder setzten sich zu Kröterich auf die Decke. Die weiße Henne wachte auf.
„He“, sagte sie. „Sollen wir anfangen?“
Die anderen lachten. Und weil sie alle saßen, blieb auch die weiße Henne sitzen.
„Wo ist Wolf?“ fragte die weiße Henne, nachdem sie eine Weile geschwiegen hatten.
„Ja, wo ist Wolf?“ fragte auch Eichelhäher. „Ist er drinnen?“
Kröterich hob die Vorderpfoten, hielt sie vor die Schultern und zog, mit schräggelegtem Kopf, eine Grimasse. Seine Augenbrauen gingen nach oben, seine Mundwinkel nach unten, und er rollte mit den Augen. „Weg“, sagte er. „Einfach auf und davon. Eines Nachts, vor ungefähr drei Tagen.“
„Was ist denn passiert?“
„Nichts.“
„Nichts?“
„So gut wie nichts.“ Kröterich ließ sich wieder zurücksinken. „Ich habe ihm auf die Zehen getreten, diesem Wolf“, sagte er. „Ja, so war's.“
„Erzähl's uns“, sagte Marder.
„Es ist mitten in der Nacht passiert“, sagte Kröterich. „Ich schlief fest. Und da kommt der Herr herein, stößt einfach kein bißchen leise die Tür auf, denn ich bin aufgewacht. Er macht das Licht an. Er wühlt im Schrank herum. Er spült eine Gabel und ein Messer ab, nimmt einen Kochtopf. Der Herr hat Hunger. Also kommt er seelenruhig in

mein Haus, wo ich schlafe, und brät sich Eier mit Speck. Noch dazu läßt er den Speck anbrennen, ein Gestank, daß einem schlecht wird davon. Nun, das war's dann."

„Aber warum ist er weggegangen?" fragte Eichelhäher.

„Ein Gast und ein Fisch bleiben drei Tage frisch", sagte Kröterich. „Und das ging zu weit."

Marder kicherte vor sich hin. „Ein Gast und ein Fisch ..." sagte er. „Ich frage mich, wie Mutter Schwein ihren Fisch so lange frisch hält." Er warf heimlich einen Blick auf die weiße Henne.

„Wir haben keinen Fisch gegessen, sondern Bohnensuppe, als Wolf bei uns war", sagte die weiße Henne. „Und er stand einfach auf und hat sich den Teller ein zweites Mal vollgeschöpft, als wir noch nicht mal unsere erste Portion gegessen hatten. Und er hat gesagt, daß er Suppe überhaupt nicht mag. Weil viel zuviel Wasser drin ist."

„Wolf ist anders", sagte Eichelhäher. „Wenn man sich nie vom Boden erhebt, denkt man, daß alles überall gleich ist. Aber solche Typen gibt es auf der Welt, auch wenn ihr das nicht wißt. Jedes Land hat seine eigenen Sitten."

Kröterichs Gesicht war grimmig verzogen. „Das von dieser Suppe bei Mutter Schwein ist nicht richtig", sagte er. „Das ist nicht richtig, egal um welche Sitten es geht, damit hat das nichts zu tun. Jeder darf essen, soviel er will, bei mir oder bei Mutter Schwein oder wo auch immer. Aber mit etwas Höflichkeit. Mit ein bißchen Höflichkeit, bitte."

Marder warf Kröterich einen neugierigen Blick zu. Er hatte ihn noch nie so böse sprechen gehört. Kröterich,

der nie wütend wurde! Der es nicht der Mühe wert fand, sich aufzuregen über das, was andere taten! Deshalb fragte er: „Was hast du dann in jener Nacht getan?"
„So gut wie nichts, natürlich. Der Aufwand lohnt sich nicht", sagte Kröterich. „Ich habe nur gesagt: Raus. Ich gebe dir zwei Sekunden, um dein Zeug zu packen. Und da ist er gegangen."
Marder mußte so sehr lachen, daß er rückwärts umfiel und liegenblieb. Der Satinstoff der wattierten Decke fühlte sich warm an von der Sonne, die Blätter der Eiche raschelten, die Grashalme bogen sich in einem leichten Windhauch, und ein paar weiße Schmetterlinge tanzten umeinander herum – vielleicht waren es die letzten Schmetterlinge des Jahres. Sie waren fast fertig mit den Vorbereitungen für das Fest ... Hannibal würde bald kommen ... und Kröterich hatte gesagt: Raus. Ich gebe dir zwei Sekunden, um dein Zeug zu packen! Noch nie war alles so gut, so schön, so warm, so ... so wie jetzt, dachte Marder. So ... und Hannibal kommt! dachte er.
„Wann kommt Hannibal nun endlich? Ihr habt gesagt, diese Woche oder die nächste, und jetzt ist es schon viel länger", sagte die weiße Henne.
„Nun, das weiß ich nicht", sagte Kröterich. „Verstehst du, Henne? Vielleicht ... Wir können nicht alles wissen."
„Aber er kommt", sagte Marder. „Das steht fest."

Wenn Hannibal kommt

Wenn Hannibal kommt, dachte Mutter Schwein, möchte ich ein bißchen schlanker sein. Und sie nahm nur einen Löffel Zucker in den Tee.

Wenn Hannibal kommt, dachte die weiße Henne, muß ich fliegen können. Und so rannte sie mit erhobenen Flügeln fünfmal um den Hof und sprang dann flatternd in einem Sprung auf den Tisch im Teepavillon.

Wenn die Leute feiern, muß ich dabeisein, dachte Wolf. Er saß auf dem höchsten Teil des Elefantenbergs, dicht unterhalb des Gipfels, da, wo nur noch ein paar Schirmtannen wuchsen, und blickte mißmutig hinunter zu den bunten Girlanden zwischen den Bäumen und zu den roten und blauen Luftballons, die im Wind tanzten. Wolf holte eine Holzflöte aus dem Rucksack und begann, darauf zu spielen. Er spielte nicht besonders gut; es klang langweilig und auch falsch, aber Wolf dachte: Ein Fest ohne Musik, das gibt es nicht. Sie werden mich holen.

Wenn Hannibal kommt, dachte Marder an diesem Morgen, will ich genauso geduldig zuhören können wie er. Auch wenn sie über unsinnige Dinge sprechen und wenn sie zum hundertstenmal dasselbe erzählen. Ich fange heute an zu üben.

Er saß unter dem Tor der Außentreppe vor seinem Haus. Es war warm, sogar jetzt schon, wo die Sonne den Elefantenberg noch nicht beschien. Wenn man ein bißchen dumm war, hätte man denken können, der Sommer wäre zurückgekommen. Die weiße Henne könnte leicht so etwas denken, dachte Marder, die ist dumm genug dafür.

Die weiße Henne dachte vielleicht sogar, daß der Winter dieses Jahr überhaupt nicht kommen würde. Er hingegen wußte, daß es einfach einer der letzten warmen Tage war, vielleicht der allerletzte. Und Marder dachte: Mit ihr kann ich gut üben, mit der weißen Henne, denn ich antworte ihr nie, wenn sie etwas sagt, weil ich ihr nicht zuhöre. Das werde ich in Zukunft tun.

In der Ferne lag der Berg mit der Baumreihe, von der Sonne beschienen. Marder sah die Schafherde hinaufziehen, der weiße Hirtenhund lief um sie herum. Der Junge war nicht mehr da, das wußte er. Er war, kurz nachdem er mit Schafbock in sein Zimmer geschaut hatte, wieder verschwunden. Aber nach einer Weile kam er jedesmal zurück.

Als Marder Geräusche neben dem Haus hörte, stand er auf und schaute nach. Unter dem Feigenbaum stand Mutter Schwein und schaute hinauf. „Hallo, Marder, guten Morgen", rief sie.

„Hallo, guten Morgen", sagte Marder. „Bist du gekommen, um Feigen zu pflücken?"

„Ja. Wie hoch sie hängen, nicht wahr?"

„Ich werde dir helfen."

Auf dem Boden lagen überall getrocknete und plattgetretene Feigen, an den unteren Ästen hingen nur noch ein paar unreife Früchte, doch oben im Baum hingen die besten. Das waren saftige, dicke, purpurfarbene Feigen, süßer als Honig. Es summte dort von Wespen, die zu viert oder zu fünft gleichzeitig an den aufgesprungenen Früchten saßen und den dicken süßen Saft heraussaugten. Marder stieg an den glatten Ästen hinauf und

pflückte die schönsten Feigen, Mutter Schwein nahm sie ihm aus der Hand und legte sie vorsichtig in ihren Korb.
„Es ist nur gut, daß du jetzt gekommen bist, um sie zu pflücken“, sagte Marder. „Wenn es wieder regnet und stürmt, ist es vorbei.“
„Ich brauche sie für die Torten“, sagte Mutter Schwein. „Marmelade habe ich schon gemacht, aber es schmeckt viel besser, wenn man Feigen in der Torte mitbackt.“
„Dann tu das doch.“
„Ja, aber wie soll das gehen? Ihr versteht auch gar nichts. Die Torten müssen frisch sein, wenn Hannibal kommt, also muß ich sie am selben Tag backen oder am Tag vorher. Das ist nun das Problem. Wie soll ich frische Torten am Tag seiner Ankunft fertig haben? Wißt ihr wirklich nicht, wann das ist? Denn erst kommt der Teig, das ist ganz schön viel Arbeit für so viele Torten. Und dann muß er noch ein paar Stunden stehen. Und dann backen. Warm schmecken Torten gut, aber abgekühlt sind sie am besten. Wenn ich jetzt einen Tag vorher weiß, daß morgen alles fertig sein muß, dann arbeite ich einfach die ganze Nacht durch.
Schließlich muß es auch Suppe geben, und frische Brötchen. Kekse habe ich schon eine ganze Zeit auf Vorrat, schon seit wir es erfahren haben. Und schon dreimal haben wir sie aufgegessen, und ich habe neue gebacken. Nun, das macht nichts. Aber mit den Torten weiß ich nicht, wie ich es machen soll. Wenn Eichelhäher jeden Tag ein Stück wegfliegen würde, um nachzuschauen, und mir dann erzählen würde, wenn Hannibal kommt, habe ich mir überlegt ... Na ja. Wirklich, es ist sehr viel Arbeit,

das ganze Essen und die Torten und was sonst noch alles getan werden muß. Ich will ja auch das Haus und den Hof ordentlich haben. Und Eichhorn macht viel Durcheinander mit seinen Sammlungen. Ich sage ja nie was dagegen, es ist das einzige, was das Tierchen hat, aber du verstehst, daß ich es aufgeräumt haben will, wenn Hannibal kommt, also ... Was meinst du?"
„Ach ja, Mutter Schwein", sagte Marder. „Schau mal, was für eine schöne Feige ich hier habe. So eine dicke hast du bestimmt noch nie gesehen. Vorsichtig, zerdrücke sie nicht." Er gab Mutter Schwein eine Feige, die größer und weicher war als alle anderen Feigen.
„Was soll ich also tun? Kannst du mir das sagen?" fragte Mutter Schwein und nahm ihm die Feige ab.

„Das war die letzte“, sagte Marder. Er hatte keine Ahnung, worüber Mutter Schwein die ganze Zeit gesprochen hatte, denn er hatte wieder mal nicht zugehört. Marder schämte sich tief. Aufpassen und zuhören! Zuhören und aufpassen! sagte er sich. Heute mittag muß ich wirklich anfangen, mit der weißen Henne zu üben. Und zu Mutter Schwein sagte er: „Ist es in Ordnung, wenn ich nachher bei euch vorbeikomme? Sind dann ein paar zu Hause?“

„Komm gleich mit, zum Essen“, sagte Mutter Schwein. „Schau, mein Korb ist voll.“

„Das paßt gut, denn es gibt keine mehr am Baum.“

„Nun, dann gehen wir. Es ist schon spät.“

„Ich komme am Nachmittag.“

„Warum? Es ist wirklich genug da. Ich esse zur Zeit so gut wie nichts.“

„Was hast du gesagt? Bist du krank?“ rief Marder. Er sprang auf den Boden und betrachtete Mutter Schwein genau. Sie sah genauso rund und gesund aus wie immer. Mutter Schwein ließ ihre schönen rosa Ohren vor das Gesicht hängen. Sie wurde rot und scharrte mit einem Huf im Sand. Das war immer ein Zeichen dafür, daß sie verlegen war. „Ich will ein bißchen abnehmen“, sagte sie.

„Abnehmen?“

„Ja, da ein bißchen weniger und dort ein bißchen weniger. Deshalb esse ich nicht soviel, und ich laufe öfter den Berg hinunter und hinauf.“

„Aber warum denn? Du bist doch gut, so wie du bist“, sagte Marder.

Mutter Schwein wurde noch röter. Sie wagte es nicht,

Marder anzuschauen, als sie sagte: „Du darfst es niemandem erzählen. Ich will nicht so schrecklich dick sein, wenn er kommt, Hannibal."
Es war nur gut, daß Mutter Schwein dauernd zu Boden schaute, auf die Figuren, die sie mit ihrem Huf in den Sand malte, denn Marder hatte Mühe, nicht laut zu lachen. Und weil er sein Lachen unterdrücken mußte, zog er eine seltsame Grimasse. Erst als er sicher war, daß seiner Stimme nichts anzuhören war, sagte er: „Ist das vernünftig? Du bist immer so beschäftigt, und ein beschäftigtes Tier muß gut essen. Wenn du nicht genug ißt, wirst du vielleicht mager, und eine magere Mutter Schwein ist keine Mutter Schwein mehr. Stell dir vor, daß er dich nicht mehr erkennt! Das wäre doch schrecklich!"
„Ja, das wäre schrecklich", sagte Mutter Schwein leise.
„Also?" fragte Marder.
„Ich werde darüber nachdenken. Kommst du wirklich nicht mit? Nun, dann bis bald."
Mutter Schwein kletterte mit ihrem vollen Korb den steilen Weg nach oben, und unterwegs aß sie alle soundsoviele Schritte eine Feige, denn sie hatte Hunger. Als sie sich schließlich ihrem Haus näherte, fühlte sie sich fröhlich und zu allem imstande. Ihr Korb wog nicht mehr halb so schwer wie vorher, und die Torten konnte sie auch mit Marmelade machen, Feigenmarmelade hatte sie genug. Zu Hause stellte sie sich vor den Spiegel und dachte: Bin ich schon verändert? Ist meine Schnauze magerer? Und von hinten? Sie drehte sich um und reckte sich, um auch ihre Rückseite zu sehen.

Wenn Hannibal kommt, dachte Eichhorn ohne Schwanz, will ich so gut springen können wie andere Eichhörner mit Schwanz. Und jeden Tag übte er im Wald und sprang von Baum zu Baum. Nicht durch die Zweige, sondern auf dem Boden. Und wenn Hannibal da ist, werde ich eine Vorstellung geben, dachte Eichhorn. Dann springe ich über die Furt.
In Gedanken sah er sich schon wie ein Blitz vom einen Ufer zum anderen hüpfen, ohne die Steine im Fluß zu berühren.
Wenn Hannibal hier ist, dachte Eichelhäher, weiß er noch mehr von der Welt als früher. Er weiß dann mehr als jeder von uns, sogar mehr als ich. Es fiel Eichelhäher

nicht leicht, das zuzugeben. Aber wenn ich so hoch wie ein Adler fliege, dachte er, dann sehe ich viel mehr als nur unser Tal, und das kann ich dann erzählen. Und eines Tages flog er hoch hinauf, fast senkrecht, immer höher und höher, bis ihm schwindelig wurde und er nach Luft schnappen mußte.
Er ließ sich eine Weile schweben, dann schaute er nach unten. Tief unten sah er Berge und noch mal Berge, und alles war so klein geworden, daß die Bäume des Waldes aussahen wie kleine Ausbuchtungen von grünem Moos. So sieht man auch nicht viel, dachte er und sank tiefer. Er flog in Kreisen hinunter, bis er wieder auf einer vertrauten Höhe war.

Wenn Hannibal wirklich kommt, dann muß ich doch endlich ein paar Gedichte geschrieben haben, überlegte Kröterich, als er auf seinem Bett lag. Weil ich Papier im Haus habe, glauben alle immer, daß ich manchmal was Schönes schreibe. Aber einen Vers schreiben, nein, daraus ist noch nichts geworden. Er machte die Augen zu, und ihm kamen allerlei Gedanken, auch schöne. Aber Verszeilen waren keine dabei.
Als Kröterich aufwachte, wußte er genau, daß er im Schlaf ein Gedicht gemacht hatte. Nur ... es wollte nicht aus ihm herauskommen, so sehr er sich auch bemühte. Es blieb irgendwo hinten oder unten in seinem Kopf; den Platz, wo sich das Gedicht befand, konnte er nicht genau bestimmen.
Kröterich stieß ein paarmal auf, räusperte sich und brummte etwas. Er stand sogar auf, um Papier und Blei-

stift zu holen. Die legte er, bevor er sich wieder auf dem Bett ausstreckte, in Griffweite auf den Tisch.
Am späten Nachmittag lief Marder über die Schafweide zu Kröterichs Haus. Eigentlich wurde es schon Abend, denn die Sonne färbte den Himmel über dem Berg mit der Baumreihe rot und orange und gelb und rosa. Auf diese Art wollte sie die Tiere warnen, daß – vielleicht – Regen bevorstand. Doch Marder sah es nicht, so voll war er von allem, was für das Fest getan werden mußte.
Sobald Marder seinen Freund Kröterich aufrecht auf dem Bett sitzen sah, wußte er, daß etwas passiert war. Kröterich ist anders, dachte Marder, wacher. Und so plötzlich!
„Was?“ fragte er.
„Was“, sagte Kröterich.
„Was ist passiert?“
„Keine Ahnung.“
Da sah Marder das Papier und den Bleistift auf dem Tisch liegen. „O Kröterich“, sagte er. „Hast du ... hast du etwas geschrieben?“
Kröterich zuckte mit den Schultern und schaute schräg nach oben zur Lampe an der Decke. „Nichts Besonderes“, sagte er, „und es ist noch nicht fertig. Es soll ein Gedicht werden. Für ihn. Wenn er kommt.“ Leise und mit einem Seufzer fügte er hinzu: „Wenn er kommt.“
„Darf ich?“ Marder streckte die Pfote aus. „Bist du einverstanden? Darf ich es lesen?“
„Bitte“, sagte Kröterich. „Es ist erst ein Anfang. Der Rest muß noch kommen.“ Leise und mit einem Seufzer fügte er hinzu: „Wenn er kommt.“
Marder nahm das Blatt Papier und las:

Er ist ein Held
Er stürzt hinunter
Voll Heimweh nach dem Berg.

„Schön, sehr schön. Ja, sehr, sehr schön“, sagte Marder. „Voll Heimweh nach dem Elefantenberg. So ist es. Du hast es sehr gut ausgedrückt.“

„Es reimt sich nicht“, sagte Kröterich.

„Oh, das kommt von ganz alleine“, sagte Marder, „wenn du die anderen Zeilen erst geschrieben hast, die dazwischengehören. Die mit den Reimworten.“

An diesem Abend redete Marder sehr viel und Kröterich sehr wenig. Er sagte nicht mehr als „nein“ und „ja“ und „vielleicht“ oder „bestimmt“. Marder merkte es nicht. Er redete und redete, und worüber hätte er auch reden sollen – oder reden können – als über das Fest und Hannibal. Über Hannibal am meisten. Daß er nun wirklich jeden Tag vor ihnen stehen konnte. Daß es nicht viel länger dauern dürfte, oder aus dem ganzen Fest würde nichts. Daß Hannibal wirklich sehr lange brauchte für die Reise von Wuppertal hierher, und ob Kröterich auch dachte, daß ihm vielleicht unterwegs etwas passiert war? Kröterich sah nicht mehr so wach aus, während er Marder zuhörte. Sein Gesicht zog sich in immer mehr Falten nach unten. Fest feiern! dachte er. Hätte ich bloß nichts gesagt. Als Marder sich schließlich von ihm verabschiedet und die Tür hinter sich zugezogen hatte, merkte Kröterich, daß wieder neue Verszeilen in seinem Kopf auftauchten. Auch diese reimten sich nicht, aber das fand er nicht schlimm. Leise murmelte er vor sich hin:

„Er ist ein Held
Er stürzt hinunter
Voll Heimweh nach dem Berg
Wo hundert Elefanten einst
Gefallen sind.

Ein Fest wird sein
Auf dem Elefantenberg
Ein Fest für dich, o Hannibal!
Voll Heimweh warst du auch nach Kröterich
Nach Mutter Schwein und Marder."

Vielleicht schreibe ich es morgen auf, dachte Kröterich, kroch unter seine drei wattierten Decken und schlief ein.

Wache stehen

Die letzten warmen Tage des Jahres waren nicht wirklich die letzten warmen Tage des Jahres, aber eine Woche später waren keine Zweifel mehr möglich: Es war Herbst. Und der Herbst kam mit viel Wind und ab und zu einer Regenböe, danach regnete es sogar ein paar Tage hintereinander. Der Fluß strömte brausend über die Steine der Furt und nahm die gelben Blätter der Weide und die runden Erlenblätter mit. An den Brombeersträuchern hingen nasse Brombeeren; wenn ein kleines Tier durch das hohe Gras lief, wurde es klatschnaß.
Zwei waren auf dem Elefantenberg, die das Foto von

Hannibals Sprung in die Tiefe nie gesehen hatten, Schafbock und Wolf. Schafbock kümmerte sich wenig um die anderen, daher wußte er nicht mehr als das, was Marder ihm erzählt hatte, an dem Abend, nachdem Kröterich ihm erklärt hatte, daß Hannibal nicht gestürzt war, sondern gesprungen. Und Wolf hatte, als sie ihm von Hannibal erzählten, überhaupt nicht zugehört, so wußte er nicht mehr, als daß die anderen damit beschäftigt waren, ein Fest vorzubereiten, und daß dieses Fest immer wieder verschoben wurde.

An einem regnerischen Tag wanderte Schafbock durch das Tal. Er folgte dem Fluß etwa drei Biegungen lang, dann lief er durch ein Quertal zu einem großen Teich voller grauer Schilfrohre. Dort stand, ein Stück weiter oben, noch ein verlassenes Haus: ein kleines gelbes Haus, das trostlos aussah. Schafbock kletterte stetig einen schmalen, schlammigen Weg hinauf. Als er sich dem verlassenen Haus näherte, sah er unter einem Vordach mit Weinranken und vergilbten Blättern Wolf sitzen.

Wolf hatte etwas Trauriges an sich, fand Schafbock. Eine Art Verlassenheit. Es war die Verlassenheit, die er selbst gut kannte, die Einsamkeit von Tieren, die alleine zurechtkommen müssen, während sie doch eigentlich dazu geschaffen sind, mit Artgenossen in Rudeln oder Herden zusammenzuleben. Wolf schaute kaum auf, als Schafbock näher kam. Neben ihm lag seine Flöte, aber er hatte schon eine lange Zeit bewegungslos dagesessen, halb erfroren und zitternd vor Mangel an Gesellschaft.

„Wohnst du hier?" fragte Schafbock, ohne groß guten Tag zu sagen.

Wolf nickte.
„Gefällt es dir hier besser?“ fragte Schafbock.
„Besser als wo?“ fragte Wolf.
Da stellte sich Schafbock neben ihn und schwieg. Sie betrachteten die Tropfen, die von den Bäumen fielen, eine Pfütze neben dem Weg, wo ein paar dürre Blätter und Zweige auf dem Wasser trieben, in das der Wind kleine Wellen blies. Sie betrachteten zwei Schnecken, die probierten, wer von ihnen sich am langsamsten durch den nassen Sand schieben konnte. Doch wie es so geht mit einsamen Tieren, die das gemütliche Plaudern verlernt haben – am Schluß kamen sie doch zu einem Gespräch. Wolf begann mit einigen Bemerkungen über die Papiergirlanden in den Bäumen auf dem Elefantenberg, die in fürchterlichem Zustand herunterhingen. „Ihr versteht nichts vom Festefeiern“, sagte er.

„Wir können es nicht ändern“, sagte Schafbock. „Es liegt daran, daß er immer noch nicht kommt. Sobald er da ist, wird gefeiert. Es ist alles fertig.“
„Er?“ fragte Wolf. „Wer ist er?“
„Hannibal“, sagte Schafbock.
„Nie was von ihm gehört“, meinte Wolf.
„Hast du noch nie von Hannibalen gehört? Weißt du etwa nicht, wie Hannibale aussehen?“
Schafbock stand eine Weile ruhig da und dachte an Hannibal. Wie er ihm, als er noch ein Lamm war, geraten hatte, in Marders Haus zu ziehen, in den Stall neben seinem. Er erinnerte sich wieder daran, wie freundlich Hannibal damals mit ihm gesprochen hatte, wie er ihn mit seiner hohen, weichen Stimme beruhigt hatte. Eine Stimme, die einen immer wieder überraschte, weil man sie bei einem Tier wie ihm nicht erwartete.
„Hannibale sind gewaltig groß“, erzählte er Wolf. „Grau und groß, bestimmt vier- oder fünfmal so groß wie Mutter Schwein. Sie haben Ohren – wie Bettlaken. Und Pfoten wie Baumstämme. Und krumme weiße Zähne, zwei, die ragen vorn aus ihrem Kopf heraus. Und natürlich haben sie einen Rüssel. Du weißt vielleicht nicht, was ein Rüssel ist. Nun, das ist eine Art Schlange vorn an ihrem Kopf; durch diesen Rüssel können sie blasen und dich damit anfassen.“
Wolf grinste. „Komm, erzähl mir keine Märchen.“
„Du brauchst mir ja nicht zu glauben“, sagte Schafbock und schwieg.
Doch nach einer Weile begann er wieder zu sprechen. „Sie haben Hannibal von der anderen Seite des Elefan-

tenbergs mitgebracht“, erzählte er. „Nach einer gefährlichen Reise, wie sie es nennen. Und dann hat er bei uns gewohnt. Einen Sommer und einen Winter lang. Und eines Nachts ist er verschwunden.“

„Ein schöner Freund“, sagte Wolf. „Und auf dieses Tier warten sie jetzt? Ist das Fest für ihn bestimmt?“

„So darfst du nicht über ihn sprechen“, sagte Schafbock.

„Ein schöner Freund“, wiederholte Wolf.

„Hannibal ist ein besserer Freund als alle anderen. Mein Freund und der von Marder und von Kröterich und von Mutter Schwein“, sagte Schafbock würdevoll.

„Ja, ja, ich kenne auch solche“, grinste Wolf.

„Aber es dauert lang, sehr lang“, sagte Schafbock.

„So lange“, sagte Wolf, „daß die Ballons schon ab sind. Und die Girlanden kaputt und schmutzig an den Bäumen hängen. Und das Holz für das Feuer ist klatschnaß.“

„Ich weiß“, sagte Schafbock. „Es kann einem Sorgen machen. Es dauert so lang, daß Mutter Schwein schon fünfmal Torten gebacken hat. Und daß sie die aufessen mußten, weil sie alt wurden.“

„Sie wissen nicht, was ein Fest ist“, sagte Wolf.

Wieder schwiegen sie eine Weile. „Und dieser Wie-heißt-er-doch-wieder, wo soll der denn herkommen?“ fragte Wolf dann.

„Das ist das Problem“, sagte Schafbock. „Wir wissen nicht, wann er kommt, und wir wissen auch nicht, woher. Am wahrscheinlichsten ist, daß er über den Elefantenberg kommt, genau wie letzes Mal. Aber er kann auch von der anderen Seite kommen, über den Berg mit der Baumreihe.“

„Da sieht man mal wieder, von Organisation haben sie hier keine Ahnung“, sagte Wolf. „Es gibt keine Führung. Wenn so etwas früher bei mir passiert ist, in meinem Rudel, dann habe ich sie alle angetrieben. Jedenfalls standen immer ein paar Wache. Und es wurden Signale abgesprochen. Wer ihn zuerst sieht, gibt es an den nächsten weiter. So muß man so was anpacken.“
Schafbock, in seiner ganzen Würde, war so verblüfft, daß er erst mal einen kleinen Luftsprung machte und dann beschämt seinen schmalen Kopf mit den schönen Hörner nach unten bog. Wolf grinste.
„Ich möchte wetten, daß sie auch von Musik machen nie was gehört haben. Zu einem Fest gehört Musik, die bringt Stimmung. Ein richtiges Fest, das ist irre, weißt du. Aber das hier wird nichts.“
„Musik?“ sagte Schafbock. „O ja, Musik.“
Wolf nahm seine Flöte und blies darauf. Ein ekelhaft quietschender Ton kam heraus, dann ein paar schrille, laute Töne. Wolf spuckte auf den Boden, wischte die Flöte ab und begann zu spielen. Er hatte in der letzten Zeit viel geübt und war nun in der Lage, eine Melodie zu spielen. Sie klang nicht besonders fröhlich, und weil er alle Töne gleich laut blies und auch kein Gefühl für Rhythmus hatte, hörte sie sich auch ein bißchen langweilig an. Aber Schafbock hatte noch nie etwas von Musik gehört und lauschte verblüfft.
„Und dann tanzen, du weißt schon“, sagte Wolf, als er zu Ende gespielt hatte. „So hopp! zwei drei vier, hopp! zwei drei vier, rundherum und einander festhalten.“
„Einander festhalten?“ fragte Schafbock.

„Und rundherum und hopp! zwei drei vier."
Wolf blies wieder auf der Flöte. Er stand auf und machte ein paar hopsende Schritte. Dann, noch immer spielend, drehte er sich herum, wiegte sich in den Hüften und hopste auf eine ziemlich putzige Art und Weise. Sein Schwanz, der für so ein altes Tier noch recht gut aussah, schwang mit jeder Bewegung mit.
Schafbock war sehr beeindruckt. Das war also tanzen, was Wolf da machte. Nie hatte er vermutet, daß es so etwas geben könnte, daß es Tiere gab, die so seltsame Geräusche machten und dabei ein bißchen herumsprangen. Und er konnte es nicht lassen. Er konnte es einfach nicht lassen. Ganz von selbst begannen seine Pfoten, Trippelschritte zu machen. Seine Pfoten, stark und dünn und gewöhnt, über Felsen zu klettern und durch schmale Rinnen die steilsten Bergwände hinabzusteigen – diese schönen Pfoten Schafbocks trippelten und trippelten und hopp! zwei drei vier und hopp! zwei drei vier. Sein weißes Fell aus allerfeinster Wolle hing bis fast auf den Boden und schwang mit beim Hopp! zwei drei vier. Sein schöner Kopf mit den ernsten Augen und den zwei schön gebogenen Hörnern, die ihn schmückten, bewegte sich auch beim Hopp! zwei drei vier. Und sein kurzer Schwanz schwang Hopp! Hopp! Hopp!
„Nicht schlecht", sagte Wolf. „Du tanzt gar nicht schlecht, auch wenn du ein bißchen steif bist." Er schüttelte die Flöte, um die Spucke herauszukriegen, dann wischte er das Mundstück ab. „Wir könnten zusammen eine Vorstellung geben, auf ihrem sogenannten Fest."
Schafbock bog würdevoll den Kopf nach unten. „Ich

fürchte, daß hier bei uns Ausschweifungen nicht besonders geschätzt werden", sagte er feierlicher denn je, um schnell zu vergessen, daß er soeben getanzt hatte.
Wolf lachte höhnisch. „Ausschweifungen, ach was! Ein bißchen Spaß haben, einfach ein bißchen alles vergessen, was kann das schon schaden? Auf einem Fest muß man tanzen, sonst ist es kein Fest. Davon strömt das Blut schneller. Gut für die Gesundheit."
Schafbock wollte nicht länger darüber sprechen. Er verstand nicht, was ihm passiert war, daß er gerade eben so verrückt herumgehopst war. Und es war ihm noch nicht mal unangenehm gewesen. Wenn er ehrlich war, mußte er zugeben, daß dieses Tanzen ihm ein angenehmes Gefühl verschafft hatte. Dem Himmel sei Dank, daß die

anderen Tiere nichts davon wußten. In der Hoffnung, Wolf würde vergessen, daß er sich zum Tanzen hatte verführen lassen, sagte er schnell: „Was hast du vorhin über Wache stehen und Signale abmachen gesagt? Ich glaube, ich habe das nicht ganz verstanden."

„Ganz einfach, man setzt einen hier oben auf den Gipfel und einen anderen auf den Gipfel daneben. Vor allem natürlich nachts. Und man nimmt eine Laterne mit. Und dann sagst du zum Beispiel: Dreimal Licht-Licht-Licht bedeutet: Er kommt. Sobald der auf dem anderen Gipfel das weiß, weckt er alle anderen auf, und das Fest kann beginnen. Hahaha, das Fest! Daß ich nicht lache!"

„Dreimal Licht-Licht-Licht, er kommt", sagte Schafbock.

„Ja. Wart mal." Wolf lief ins Haus und kam kurz darauf mit einer Laterne zurück.

„Schau", sagte er, „das ist das, was man eine Räuberlaterne nennt. Wenn du diese Klappe zumachst, siehst du kein Licht. Aber wenn du sie aufmachst, kommt ein Lichtstrahl heraus. Den kannst du in eine bestimmte Richtung lenken. Hast du kapiert?"

„Ein praktischer Gegenstand", sagte Schafbock.

„O ja, außerordentlich praktisch", sagte Wolf. Er zog die Oberlippe hoch, so daß man seine spitzen gelben Zähne sehen konnte. „Vielleicht hast du auch so was? Ich hätte schon Lust, nachts oben auf dem Berggipfel zu sein, so etwas habe ich gern. Wir zwei, und niemand soll was davon wissen. Sollen wir? Du hier und ich dort? Es ist eine verantwortungsvolle Arbeit, wer einschläft, bekommt eins mit der Knute. Hahahaha!"

„Ich besitze keine solche Räuberlaterne", sagte Schafbock

stolz. „Mit einem brennenden Zweig zu winken scheint mir ausreichend."
„Ja, das kann man auch ein Signal nennen", sagte Wolf. „Also abgemacht."
An diesem Abend, sobald die Sonne untergegangen war und die Berge schnell in tiefe Dunkelheit gehüllt waren, zogen die beiden Tiere zu ihrem Ausguck, Wolf auf den Berg mit der Baumreihe und Schafbock auf die Spitze des Elefantenbergs. Mit dem Rücken zum Tal standen sie beide Wache, und über die anderen Berge und Täler hielten sie Ausschau nach dem Freund, der kommen sollte. An diesem Abend war der Himmel bewölkt, und die beiden Tiere waren sogar aus der Nähe nicht mehr als ein dunkler Schatten. Doch manchmal schien nachts der Mond, und es gab tausend Sterne, und dann hoben sie sich deutlich gegen den nachtblauen Himmel ab. Schafbock silbrig weiß, Wolf dunkel und grau.
So standen sie dort, Nacht um Nacht, in Regen und Wind, in der klirrenden Kälte des ersten Nachtfrosts. Und noch immer war nichts zu sehen, was auf Hannibals Ankunft hinwies.

Mario

Der Junge hieß Mario.
Alle Schulferien verbrachte Mario bei seinen Großeltern. Sie wohnten in dem kleinen Haus, das am Hang lag; unten waren zwei Ställe, oben eine Küche und zwei

kleine Zimmer. Und oben, außen an der Treppe, war eine kleine Terrasse mit einem Dach aus großen grünen Wellblechplatten und Oleanderbäumchen in alten Ölkanistern auf der Mauer. Abends, wenn die Sonne unterging, saß Mario gern dort und blickte hinüber zur anderen Seite des Tals. Wenn die Sonne unterging, fielen ihre Strahlen so, daß er für eine kurze Zeit alles da drüben ganz deutlich sehen konnte.
Im weiten Umkreis gab es keine Nachbarn, und Mario hatte niemanden, mit dem er spielen konnte. Doch er langweilte sich nicht. Manchmal ging er abends mit seinem Opa los, um die Schafe zu holen, die tagsüber oben auf dem Berg grasten, nur bewacht von dem weißen Hirtenhund Padrone. Manchmal ging er barfuß durch den Fluß, der im Sommer nicht mehr als ein schmaler Bach war, und suchte Steine und Schneckenhäuser und fing kleine Fische mit seinem Netz. Und manchmal betrachtete er die verlassenen Häuser, die weiter oben zwischen hohen Bäumen versteckt am Hang lagen. Alles war dort kaputt und überwuchert von Pflanzen. Und es war so seltsam still wie sonst nirgendwo anders.
Eines Abends in den Sommerferien, es war vor über einem Jahr, hatte Mario in der Ferne einen Elefanten gesehen. Es war in diesem kurzen Augenblick gewesen, als der Berg auf der anderen Seite des Tales so von der untergehenden Sonne beschienen wurde, daß sich alles deutlich abzeichnete. Als der Elefant zwischen zwei Reihen Olivenbäumen nach oben lief, war er noch nicht klar zu erkennen. Doch dann überquerte er ein freies Feld und ging zu einem großen weißgetünchten Haus, in dem

längst keine Menschen mehr lebten. Mario sah, wie der Elefant durch eine offene Stalltür ins Haus ging. Als er seinem Opa und seiner Oma erzählte, er habe einen Elefanten gesehen, wollten sie ihm nicht glauben.
Mario mußte oft an den Elefanten denken. Auch später, als er zu Hause war, in der Stadt, bei seinem Vater und seiner Mutter, weil er wieder zur Schule gehen mußte. In der Zeitung hatte gestanden, daß ein Elefant namens Hannibal aus dem Zirkus verschwunden war. Und in den Weihnachtsferien sah er den Elefanten noch einmal. Eines Nachts, als es so stürmte und regnete, daß er nicht schlafen konnte, war er leise aufgestanden und war hinuntergegangen zum Fluß. Dort stand der Elefant, saugte mit seinem Rüssel Wasser und sprühte es in sein offenes Maul.

Der Elefant litt sehr unter der winterlichen Kälte, dort auf dem Berg. Er war froh, als er Mario sah, hielt ihm den Rüssel hin und hob ihn auf seinen Rücken. Mario verstand, was der Elefant von ihm wollte. Er brachte ihn zurück zum Zirkus und den anderen Elefanten, eine Reise, die zwei Tage dauerte.

Am Tag, bevor in diesem Jahr die großen Sommerferien begannen, passierte etwas, was Mario völlig durcheinanderbrachte. Auf dem Weg zur Schule trat er auf eine alte Zeitung. Und weil er zufällig auf seinen Fuß schaute, sah er ein Foto in der Zeitung. Ein Foto, auf dem etwas Schreckliches passierte. Er hob die Zeitung auf und riß das Foto heraus. Den Text unter dem Foto konnte er nicht lesen, es war eine ausländische Zeitung, er erkannte nur den Namen Hannibal. Aber auch wenn der Name nicht darunter gestanden hätte, hätte er gewußt, daß der Elefant auf dem Foto Hannibal war.
Bevor die Schule begann, ging Mario zu seinem Lehrer, zeigte ihm das Foto und fragte ihn, was darunter stand.
„Das ist auf deutsch“, sagte der Lehrer und zupfte an seinem kurzen Bärtchen. Er konnte kein Deutsch, wollte das aber nicht zeigen. „Was für ein seltsames Foto. So etwas gibt es nicht, das müssen sie montiert haben.“
„Was steht da?“ fragte Mario.
„Nun, was da steht“, sagte der Lehrer. „Da steht: Elefant springt aus Zug. Das Foto ist in Wuppertal gemacht. Das ist eine Stadt in Deutschland, das mußt du wissen. Deutschland haben wir schon gehabt. Und jetzt wirf das schmutzige Papier weg und wasch dir die Hände.“

Mario versteckte das Foto in seinem Fach. Während des Unterrichts schaute er es immer wieder an, und jedesmal fühlte er einen Stich im Herzen, wenn er Hannibal sah, der aus diesem seltsamen Zug stürzte. Er landet im Wasser, dachte er dann, als er das erste Mal während der Stunde das Foto betrachtete. Vielleicht ist er ja weggeschwommen, oder? dachte er beim dritten Mal. Er ist hinuntergestoßen worden, dachte er beim vierten Mal. Und wenn er nicht hinuntergestoßen worden ist? dachte er beim fünften Mal, was ist dann? Dann ist er gesprungen!

Am nächsten Tag wurde Mario von seinen Eltern zu seiner Oma und seinem Opa gebracht. Und dort, in dem kleinen Häuschen bei den alten Leuten, war es so still, daß man das Blöken der Schafe hören konnte, wenn sie schon weit oben am Berg waren, und das Klingeln von Padrones Glöckchen, und nachts hörte man den Wind leise durch die Zweige rauschen. Wenn man genau hinhörte, hörte man auch das rastlose Plätschern des Flusses, und das machte Mario immer mehr angst. Er mußte ständig an Hannibal denken, denn alles erinnerte ihn an Hannibal. Das weiße Haus am Hang gegenüber, auf der anderen Seite, die Olivenbäume, die den Pfad bergauf säumten, die Brombeerhecken auf der Uferböschung, die Steine im Fluß ...

An einem Nachmittag saß er am Flußufer und hatte das Foto vor sich im Sand liegen. Zum tausendsten Mal fragte er sich, was passiert sein könnte – ob Hannibal aus dem Zug gefallen oder gesprungen war. Und was war danach passiert? Hatten sie ihn gefunden, tot oder lebend? Warum wurde nichts mehr über ihn bekannt? Während er verzweifelt seinen Gedanken nachhing, wurde er von einem kleinen Tier abgelenkt, das er nicht einordnen konnte. Das Tier sprang piepsend durch das Wasser. Aus Neugier lief Mario dem seltsamen Tier nach und ließ das Foto im Sand liegen. Da verlor er das Foto. Es war nicht der Wind, der das Foto wegwehte. Mario hörte Flügelschlagen hinter sich und sah den Vogel nach unten tauchen. Zu spät. Er rannte den Sandweg hinauf und sah den Vogel wegfliegen, das Zeitungspapier flatterte in seinem Schnabel.

Er wurde fast noch trauriger, als er das Foto verloren hatte. Seine Großeltern machten sich Sorgen. Ihr Enkel war in diesem Sommer ruhelos und nie fröhlich, er sah schlecht aus, blaß und mit Ringen unter den Augen. Mario sagte ihnen nicht, daß er nachts stundenlang wach lag. Sie gingen immer früh ins Bett, und bald klang ihr Schnarchen durch das Haus. Und er lag dann da, die Hände unter dem Kopf, und starrte an die Decke. Die Lampe ließ er brennen. Er kannte alle knorrigen Stellen in den runden Holzbalken. Eine sah aus wie ein Hirschkopf, eine andere wie eine Hexe, eine dritte wie ein Mops. Immer mehr Gesichter entdeckte er in der Maserung des Holzes, Gesichter, die ihn schweigend anblickten; sie konnten ihm auch keine Antwort auf seine Fragen geben.

Als Mario wieder einmal so lange wach gelegen hatte, merkte er plötzlich, daß ihn jemand anschaute. Gegenüber dem Fenster, das über das Tal blickte, gab es noch ein kleines Fenster, eigentlich nicht mehr als eine recht-

eckige Öffnung in der Wand, dahinter war gleich der Felsen. Durch dieses Loch in der Wand, das voller Spinnweben und Schmutz war, blickten ihn zwei Gesichter an. Mario setzte sich auf – die Gesichter verschwanden nicht. Das eine gehörte einem schneeweißen Schafbock. Noch nie hatte Mario einen Schafbock mit einem so feinen, schmalen Kopf gesehen; die großen glänzenden Augen blickten ruhig und würdevoll in sein Zimmer. Das andere Tier glich einer Katze, aber Mario wußte aus dem Biologieunterricht in der Schule, daß es ein Marder war. Der Marder schaute ihn lange an, ohne auch nur einmal zu blinzeln. Mario hatte das seltsame Gefühl, als wolle das Tier ihm etwas erzählen. Dann hörte er das Scharren eines Hufs draußen an der Hauswand, und plötzlich waren die beiden Tiere verschwunden. Die Lampe brannte noch, aber Mario schlief sofort ein.
Am nächsten Morgen fühlte er sich auf eine seltsame Art beruhigt, ja sogar fröhlich. Er dachte zwar immer noch ununterbrochen an Hannibal, nun aber ohne Angst und Traurigkeit. Es war so schade, daß er das Foto verloren hatte. Vielleicht hatte er doch nicht alles entdeckt, was darauf zu sehen war. Hatte Hannibal wieder Sehnsucht nach Freiheit gehabt? Er war doch schon früher aus einem Zirkus weggelaufen! War er aus diesem seltsamen Zug gesprungen, als er seine Chance sah, als er unter sich einen Fluß entdeckte? Und hatte er den Sprung überlebt?
Wenn er noch lebt, dachte Mario, wo ist er dann? Natürlich unterwegs! Unterwegs wohin? Das ist doch klar, er kommt hierher. Es ist allerdings eine lange Reise von

Wuppertal hierher, aber wer weiß, wie lange er schon unterwegs ist. Und er ist sicher so vernünftig, nur nachts weiterzuwandern. Wie viele Nächte ist er nun wohl schon gegangen?

Mario wußte, was er tun mußte – dem Elefanten entgegengehen. Vielleicht brauchte Hannibal Hilfe. Er packte ein paar Kleidungsstücke in eine Tasche, schrieb einen Brief an seine Großeltern, damit die sich keine Sorgen machten. Abends, als es im ganzen Haus dunkel und still war, schlich er sich zur Küche. Leise zog er die Tür hinter sich zu. Schnell und im Dauerlauf rannte er zum Waldrand.

Erst nachdem er den Fluß überquert hatte und schon ein ganzes Stück den Hang auf der anderen Seite hinaufgestiegen war, blieb er stehen und schaute sich um. Das Haus von Opa und Oma war ein kleiner weißer Fleck in der Ferne.

Regen

Es war ein nasser Herbst in diesem Jahr.

Kröterich verließ sein Haus nicht mehr. Gedichte schrieb er auch nicht, es war bei dem einen Vers geblieben, den er noch nicht mal aufgeschrieben hatte. Wenn er kommt, dachte Kröterich mit schwerem Herzen, kenne ich es auswendig. *Wenn* er kommt ...

Marder kam jeden Tag bei Kröterich vorbei. Er machte sich Sorgen – Kröterich war unbeweglicher denn je, und

das konnte einfach nicht gut sein. „Wenn du nie herumläufst oder gerade sitzt, wächst du fest“, sagte Marder. „Bald kannst du deine Knochen nicht mehr bewegen.“
Doch Kröterich zuckte mit den Schultern und seufzte, wollte etwas sagen und schwieg. Es war etwas, was ihn schwer drückte, und er wußte, was es war, doch er konnte es niemandem erzählen. Vor allem nicht Marder, der noch immer froh und voller Erwartung herumlief, als könne das Wunder jeden Tag passieren.
„Es dauert wirklich sehr lange“, sagte Marder eines Abends.
„Was?“ fragte Kröterich.
„Was nur? Wovon könnte ich wohl reden? Sag mal, Kröterich, glaubst du, daß etwas passiert ist?“
„Wieso passiert? Was?“
„Mit ihm, unterwegs. Etwas, was ihn aufgehalten hat. Ich verstehe nicht, daß er so lange braucht für diese kleine Strecke von Wuppertal hierher.“
„Das ist keine kleine Strecke“, sagte Kröterich. „Es ist weit weg, ein anderes Land.“
„Meinst du, daß es noch viel länger dauern kann? Vielleicht bis zum Frühjahr?“
„Uuuuh“, sagte Kröterich.
„Du weißt es auch nicht“, sagte Marder.
„Ich weiß nichts“, sagte Kröterich.
Eine Weile lauschten sie schweigend dem Regen, der draußen gegen die Scheiben klatschte, jeder in seine eigenen Gedanken vertieft. Kein schönes Reisewetter, dachte Marder. Wenn er sich bloß nicht erkältet und eine Bronchitis bekommt – oder eine Lungenentzündung.

Wenn so ein großes Tier eine Lungenentzündung bekommt, ist das eine ganze Menge Lungenentzündung. Und Kröterich dachte: Hätte ich nur nichts gesagt. Trauer geht vorbei, aber dieses fröhliche Warten ist nicht auszuhalten. Und ich traue mich nicht zu sagen, was ich denke. Nicht zu Marder, nicht zu Mutter Schwein. Zu wem denn sonst? Eichelhäher hat nicht soviel Gefühl, mit ihm könnte ich darüber sprechen. Aber was erreiche ich damit?

Die Uhr auf dem Kaminsims stand still, und der Abend kroch unbemerkt vorbei. Bis sie draußen aufgeregte Stimmen und das Klappen des Gartentors hörten. Marder starrte zur Tür, und Kröterich erhob sich ein wenig. Es wurde geklopft, und sofort ging die Tür auf.

„Je später der Abend, desto schöner die Gäste!" rief Eichhorn ohne Schwanz, der als erster hereinkam. Er trippelte mit den Pfoten und schüttelte sich den Regen ab.

Dann platzte die weiße Henne herein. „Olé! Olé!" rief sie. „Das muß man rufen, wenn man ein Fest feiert. Habt ihr das gewußt?"

Nach diesen beiden dauerte es noch ein bißchen, bis Mutter Schwein langsam hereinstapfte. Sie trug einen großen Korb, der so schwer war, daß sie ganz krumm ging. „Du findest es doch nicht schlimm, daß wir so spät noch vorbeikommen, Kröterich?" sagte sie mit ihrer lieben Stimme.

„Wenn jemand die Tür zumacht, finde ich es nicht schlimm", sagte Kröterich.

„Die Katze muß noch kommen", sagte Mutter Schwein. „Ach du lieber Himmel." Sie stellte sich an die Tür,

schaute hinaus und sagte: „Wir haben sie, glaube ich, verloren. O nein, da ist sie schon."
Die rheumatische Katze kam herein, tropfnaß vom Regen, zitternd und hinkend und mit einem vor Schmerz verzerrten Gesicht. „Ich wäre besser zu Hause geblieben", klagte sie. „Das taugt nichts, mit meinem Rheuma so lange durch den Regen."
„Das habe ich dir doch gesagt. Wärst du doch zu Hause geblieben!" rief Eichhorn.
„Wenn man wie ich in meinem Alter so vieles nicht mehr kann", sagte die Katze spitz, „dann muß man das wählen, was man noch kann. Und zum Glück kann ich noch was."
„Du bist tüchtig", sagte Mutter Schwein. „Setz dich gemütlich hierher an den Ofen. Und vielleicht hat Kröterich was Warmes für dich."

„Was Warmes?“ fragte Kröterich. „Warme Milch? Oder will sie einen Grog?“
„Ich meine etwas Warmes zum Umhängen“, sagte Mutter Schwein.
„Schau doch mal dort auf dem Stuhl“, meinte Kröterich. Mutter Schwein suchte zwischen den Kleidungsstücken, die über einer Stuhllehne hingen, und fand ein wollenes Umschlagtuch, das Kröterichs Mutter früher mal hiergelassen hatte. Sie wickelte die Katze hinein und schob für sie einen Stuhl nahe zum Ofen. Die Neuankömmlinge waren lange damit beschäftigt, sich zu trocknen und sich die Nasen zu putzen. Sie stellten sich erst mit dem Rükken zum Ofen, dann mit dem Bauch und zum Schluß noch mal mit dem Rücken. Die weiße Henne saß auf dem Korb mit den Holzscheiten und döste bald ein. Doch sie schlief nicht wirklich. Während die anderen sich unterhielten, schaute sie immer wieder hoch und machte eine Bemerkung, die, wie üblich, nicht zum Thema paßte. Marder und Mutter Schwein schoben das Sofa näher zum Ofen; Eichhorn kroch zwischen die Kissen in einer Ecke, und Mutter Schwein setzte sich neben ihn.
Schon bald wurde es gemütlich warm in dem vollen Zimmer. Der Dampf stieg aus den nassen Haaren und Federn der Gäste, und die Gerüche vermischten sich mit dem seltsamen Geruch, der immer in Kröterichs Haus hing, von Kröterich selbst, von seinem Bett, dem Zeug auf der Anrichte und von etwas anderem, Unbestimmtem, das vielleicht von den alten und halb verschimmelten Schuhen, Stiefeln und Kleidern kam, die überall herumlagen.

Es war, als trommle der Regen noch lauter gegen die Scheiben, jetzt, da sie so sicher und warm im Zimmer saßen.
„Was hast du in deinem Korb?" fragte Kröterich, als er fand, daß sie nun genug über das nasse Wetter gesprochen hätten.
„Nahrhaftes Gebäck!" rief Eichhorn. „Zum soundsovielten Mal nahrhaftes Gebäck. Es hängt uns langsam zum Hals raus, deshalb haben wir gedacht ... Sei mir nicht böse, Mutter Schwein."
Mutter Schwein schüttelte lächelnd den Kopf. „Ich bin nicht böse", sagte sie. „Es ist so: Ich habe Hilfe nötig. Wir haben nun schon zum achten Mal alle Torten selbst aufgegessen und auch Vögeln und anderen kleinen Tieren im Wald was abgegeben, und jetzt habe ich schon wieder vier Stück."
„So groß wie Wagenräder", sagte Eichhorn.
„Schon wieder vier", sagte Mutter Schwein. „Sie sind eine Woche alt und müssen dringend gegessen werden, sonst fangen sie an zu schimmeln."
„Was für Torten sind's denn diesmal?" fragte Marder.
„Herrliche Torten, Marder, echt wahr. Frisch sind sie herrlich", rief Eichhorn.
„Apfel- und Aprikosentorte", sagte Mutter Schwein. „Und dann habe ich auch noch ein paar Flaschen mit Brombeersaft mitgebracht. Ich habe gedacht, daß er sich halten würde bis zum Fest, wann immer es sein mag. Aber heute morgen habe ich mal daran gerochen und fand, daß das Zeug ein bißchen seltsam riecht. Ich weiß nicht, ob es noch gut genug zum Trinken ist."

Marder schaute in den Korb. Er holte eine Flasche heraus und schraubte den Deckel ab. „Hmmmm ... !“ sagte er. „Riecht gar nicht schlecht. Würzig! Vermutlich hat der Saft angefangen zu gären, aber davon wird er gerade gut, nicht wahr, Kröterich? Wo hast du Gläser?“
Nachdem die Teller und Gläser zusammengesucht und abgewaschen waren, nachdem Platz auf dem Tisch gemacht worden war, saßen sie alle am Tisch, hatten ein Glas Brombeersaft vor sich und ein großes Stück Torte.
„Die Kruste ist hart, aber es schmeckt lecker“, sagte Marder. „Und du ißt sie selbst auch gerne, wie ich sehe.“
Mutter Schwein wurde rot. „Ich habe zur Zeit so einen Hunger“, sagte sie und errötete noch mehr. „Das liegt an dem, was du gesagt hast... Du hast gesagt, daß man mich nicht mehr erkennen würde, wenn ich nicht richtig esse. Daß ich mich verändern würde und daß er... und das will ich nicht.“
Die kleinen Tiere, die wegen Mutter Schweins Fürsorglichkeit nur selten in die Gefahr gerieten, hungrig zu sein, und die in der letzten Zeit so viel Torte bekommen hatten, daß für sie ein trockenes Stück Brot zu einem Leckerbissen geworden war, knabberten nur hier und da einen Bissen und pulten die Früchte aus der Torte.
„Ist noch eine Flasche im Korb?“ fragte Kröterich, als sie die erste leergetrunken hatten.
„Oh, es gibt noch vier“, sagte Mutter Schwein.
Wieder schenkte Marder die Gläser voll. Die Lampe über dem Tisch verbreitete ein gelbes Licht, das allem ein friedliches Aussehen verlieh. Der eiserne Bauch des Ofens glühte. Alle Aufregung der letzten Monate, die

harte Arbeit für das Fest und das lange Warten hatte sie sehr strapaziert. Ein paar von ihnen waren reizbar geworden, andere müde und mutlos. Doch nun, als sie so beieinander saßen, die nasse Welt draußen und sie selbst sicher und trocken drinnen, kam eine wunderbare Ruhe über sie, ein Gefühl der Sorglosigkeit. Eichhorns runde Augen glänzten. Er blickte von einem zum anderen und hatte überhaupt nicht das Bedürfnis, etwas Wichtiges zu sagen. Und er nahm sich auch vor, dieses blöde Springen aufzugeben. Was spielte das schon für eine Rolle. Als ob es Hannibal etwas ausmachen würde, ob er, Eichhorn, springen konnte oder nicht. Und auch die weiße Henne überlegte schläfrig, daß das Flattern und Fliegen zu nichts gut war. Sie hatte starke Füße, damit kam sie hervorragend zurecht.
Marder hatte an diesem Abend nicht die geringste Mühe, anderen zuzuhören. Vielleicht hatte das damit zu tun, daß wenig gesagt wurde, aber er selbst war der Meinung, er habe endlich gelernt, geduldig zu sein. Kröterich betrachtete sie mit weit offenen Augen. Er hatte eine Decke über sich gezogen, aber er schlief nicht. Ich mache mir Sorgen um nichts, dachte er. Sie sind zufrieden mit dem Leben, egal was passiert. Und wenn es nötig sein sollte, dann denke ich mir eben was aus, um sie zu beruhigen. Soll ich ihnen das Gedicht aufsagen? Jetzt? Nein, lieber nicht, es ist besser so, wie es ist.
Sie schraken auf, als sich Mutter Schwein mit einem Ächzen und einem Seufzen vom Sofa erhob.
„He, was? Olé!“ rief die weiße Henne und steckte sofort wieder den Schnabel zwischen die Federn. Sie schob sich

auf den Holzscheiten zurecht und schlief dann wirklich ein.
„Wir müssen jetzt gehen“, sagte Mutter Schwein. „Es ist bestimmt schon nach Mitternacht.“
„Mir seid ihr nicht im Weg“, sagte Kröterich, der sich merkwürdig wach fand, obwohl er eigentlich döste.
Die rheumatische Katze streckte sich. „Nachteulen“, sagte sie, „wir sind Nachteulen. Und das in meinem Alter!“ Lust, aufzustehen und durch den Regen nach Hause zu gehen, hatte sie allerdings nicht.
Marder war auch aufgestanden. Er werde sie nach Hause bringen, sagte er, und dafür sorgen, daß sie in der Dunkelheit gut daheim ankommen. Hatte Kröterich nicht einen Schirm, den er ihnen leihen konnte? Aber Kröterich hatte keinen Schirm, jedenfalls keinen, der nicht so kaputt war, daß er zu nichts mehr nutze war.
„Nun, dann gehen wir jetzt“, sagten sie. „Danke, Kröterich, bis bald.“
„Ich bedanke mich bei euch“, sagte Kröterich. „Gäste, die etwas zu essen mitbringen, sind immer willkommen.“ Das war nur ein Witz. Sie wußten, daß sie genauso willkommen waren, wenn sie nicht zufällig alte Torten und Flaschen mit gegorenem Brombeersaft, der dringend weg mußte, mitbrachten.
Marder machte die Tür auf. „Brrrr...“ sagte er. Wind war aufgekommen, und der Regen schlug ihm ins Gesicht. Draußen war es so dunkel, daß man keine Pfote vor den Augen sehen konnte. Wasser platschte vom Dachrand, es war, als müßten sie unter einem Wasserfall hindurch, und als die Tiere im Garten standen und Eichhorn, als letzter,

die Tür hinter sich zugezogen hatte, waren sie noch nasser als bei ihrer Ankunft.
„Es ist schrecklich“, sagte Mutter Schwein. „Geh doch nach Hause, Marder, für dich ist es nicht so weit.“
„Ich denke nicht daran“, sagte Marder. Er schlug vor, sie sollten über die Schafweide gehen. Das war zwar ein Umweg, aber die Abkürzung hinter Kröterichs Haus führte steil bergauf, dieser Weg war jetzt gefährlich.
Eichhorn fühlte sich kleiner denn je; die nassen Haare klebten an seinem Körper, und die weiße Haut war zu sehen. „Daß ein Tier so naß sein kann“, sagte er. „Ich bin noch nasser als damals, als ich in den Fluß sprang.“ Er klapperte mit den Zähnen.
Die Henne hatte auch Probleme. Mit ihrem Federkleid war sie besser geschützt gegen das Wasser als Eichhorn, aber sie konnte wegen des Wassers, das über ihren kleinen Kopf floß, nichts sehen und stolperte bei jedem Schritt.
Am schlechtesten war die rheumatische Katze dran. Sobald sie draußen waren, wurde sie auch schon von der Kälte gepackt, dieser nassen Kälte, die ihr bis in die Knochen drang. Sie sagte nichts, sie biß die Zähne zusammen und schleppte sich Schritt für Schritt vorwärts.
Und da waren sie erst am Gartenzaun. Die Schafweide sah aus wie ein Moor. Der Boden quatschte, der schmale Weg, der sich unsichtbar durch das hohe Gras schlängelte, stand unter Wasser. Marder ging voraus, Mutter Schwein ging als letzte, die drei kleinen Tiere waren zwischen ihnen. Nach ein paar Schritten blieb Marder stehen. Es war zu dunkel, um etwas zu sehen. „Wo seid ihr?“ rief er.

„Hier!" klang es, nicht so weit hinter ihm, im rauschenden Regen.

Patsch, patsch, patsch stapften sie durch das Wasser. Nasse Grashalme bogen sich im Wind und strichen über ihre nassen Gesichter. Ein paarmal mußten sie auf die rheumatische Katze warten, die sich, an Mutter Schwein gelehnt, ausruhte; dann rief Mutter Schwein Marder zu: „Wart mal einen Moment!", und Marder blieb stehen. Die arme Katze hatte Angst, sie würde diesen Weg nicht überleben, und schluchzend sagte sie: „Laßt mich doch hier. Ich halte euch nur auf, und die anderen werden sich erkälten. Es ist egal, was mit mir geschieht. Ich verkrieche mich lieber unter einem Grasbüschel ..."

„Sag doch nicht so was Lächerliches", sagte Mutter Schwein streng. „Wir lassen niemanden zurück, verstanden? Komm!" Sie zog die Katze mit, wobei sie immer wieder empört murmelte: „Was glaubst du denn! Wie kommst du nur auf so eine Idee! Das bißchen Regen schadet uns nicht, aber für dich ist es schlimm."

Doch bald wurde es für alle schlimm. Nie war ihnen aufgefallen, daß in der Schafweide vor Kröterichs Haus eine Senke war. Und doch war es so – von der Mitte aus lief die Senke nach den Rändern aus, wie ein Suppenteller mit einem breiten Rand.

Jetzt wird's aber doch zu wild, dachte Marder, als er planschend durch das Wasser stapfte. Es reicht mir, verdammt, bis zum Bauch! Und gleich darauf hörte er einen Schrei. Eichhorn! Das arme Tier war ins Wasser gefallen und fuchtelte wie wild, um oben zu bleiben. Auch die Henne war im Wasser und strampelte irgendwo in der

Dunkelheit in dem kalten, platschenden Wasser herum. Marder hatte sich blitzschnell umgedreht und suchte im Wasser nach Eichhorn. „Hilfe! Hilfe!“ klang es schwach ein Stück weiter weg. Der Wind hatte Eichhorn zur Seite geweht, und er drehte sich und drehte sich und strampelte mit allen vier Pfoten. Bestimmt fünfmal ging er unter und schluckte Wasser.
Mutter Schwein und die rheumatische Katze waren stehengeblieben. Erschrocken von den Geräuschen, die sie hörten, spähten sie durch die Dunkelheit. „Was ist denn los?“ rief Mutter Schwein.
„Nicht weitergehen! Bleibt stehen!“ schrie Marder. „Hier ist Wasser! Eichhorn, wo bist du?“
„Hilfe! Hilfe!“
Mit großen Schritten lief Marder durch das Wasser in die Richtung, aus der die Hilferufe kamen. Er tastete sich

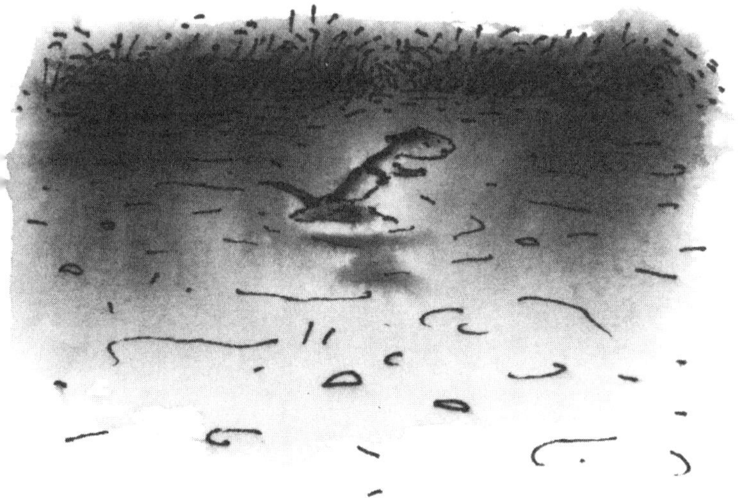

weiter und rief immer: „Sag was, Eichhorn, ich komme! Sag was, ich sehe überhaupt nichts! Halte durch! Ich komme!“ und was es sonst noch an ermunternden Worten gibt. Das Wasser reichte ihm nun schon bis zu den Schultern, ein bißchen weiter, und er würde schwimmen müssen. Noch bevor er sich darüber Sorgen gemacht hatte – er wußte nicht, wie lange er es aushalten würde, ein richtiges Schwimmtier war er nicht –, schwamm er auch schon. So erreichte er Eichhorn schneller, als er erwartet hatte. Er packte das arme Tierchen am Genick und schwamm mit kräftigen Zügen zurück, zu den Geräuschen, die er über das platschende Wasser und den prasselnden Regen hörte, die Stimmen von Mutter Schwein, der rheumatischen Katze und der Henne, die allein den Weg zu ihnen gefunden hatte.

Sie waren durch und durch erstarrt vor Kälte. Marder und Mutter Schwein überlegten, was sie tun sollten – den Kleinen ging es zu schlecht, um etwas zu sagen. Es blieb ihnen nichts anderes übrig, sie mußten zurück zu Kröterich. „Der Himmel weiß, was uns weiter oben sonst noch erwartet“, sagte Mutter Schwein.

Also gingen sie, vornübergebeugt, wieder durch die Regenböen zurück, die sie jetzt im Rücken hatten, Mutter Schwein vorn und Marder hinten, und dazwischen die kleinen Tiere. Es war ein Wunder, daß sie es schafften, in dem plattgewehten Gras den Weg zu finden. Und dann erreichten sie endlich, endlich den Gartenzaun. Dort blieben sie stehen.

In Kröterichs Haus war es dunkel.

Kröterich schläft und hört nichts, dachte Marder. Entschlossen ging er zur Tür und trommelte mit beiden Fäusten dagegen, doch aus dem dunklen Haus kam kein Geräusch.
„Kröterich, mach die Tür auf!" rief Mutter Schwein. Ihre Stimme zitterte. Ihr selbst machten Kälte und Regen nicht viel aus, so groß und dick wie sie war, sie machte sich Sorgen um die Kleinen.
Die armen, durchgeweichten Tiere zitterten und klapperten mit den Zähnen; die weiße Henne schnappte nervös nach Luft, und die Katze ließ ein klägliches Jammern hören. Eichhorn war ganz benommen von dem, was er mitgemacht hatte. Wieder schlug Marder an die Tür – nichts rührte sich. „Kröterich! Aufwachen! Kröterich! Rette uns!" rief er, so laut er konnte, und als das nichts half, rannte er zum Fenster und klopfte so fest, daß die Scheibe klirrte.
Und endlich hörten sie über den Lärm, mit dem das Wasser vom Dach stürzte, und über das Gurgeln der Regenrinne hinweg – Kröterich hatte dieses Jahr die Regenrinne mal wieder nicht saubergemacht – schlurfende Schritte näher kommen.
„Was schreit ihr denn so? Es ist doch offen", sagte eine schläfrige Stimme. Und so war es tatsächlich. Kröterich schloß die Tür nur selten nachts ab, daran hatten sie nicht gedacht. Kröterich machte die Tür auf und hielt eine Kerze hoch, die sofort vom Wind ausgeblasen wurde.

„Kommt herein“, sagte Kröterich. „Ich werde Licht anmachen.“
Er steckte die Lampe an und kroch sofort wieder unter seine drei wattierten Decken. Aus der warmen Höhle sagte er nun, sie sollten es sich gemütlich machen, vermutlich würden sie ein paar trockene Handtücher finden, und daß es weit nach Mitternacht sei, also Zeit zum Schlafen, und Marder solle doch ins Hinterhaus gehen, er glaube, dort gebe es Matratzen und Decken.
Marder stocherte erst den Ofen wieder an, dann machte er sich auf die Suche. Kurz darauf kam er mit einem Strohsack und ein paar Kissen zurück, die er vor dem Ofen auf dem Fußboden ausbreitete. Dann ging er, um Decken zu holen. Mutter Schwein half der Katze, Eichhorn und der Henne, sich trockenzureiben.
„Und nun du“, sagte sie zu Marder und wollte ihm mit einem Handtuch zu Leibe rücken. Marder riß sich los. „Geh schlafen“, sagte er. „Es gibt Platz genug für euch alle.“
So verbrachten Mutter Schwein und ihre Hausgenossen die Nacht bei Kröterich, auf dem Fußboden vor dem Ofen, und Marder, in eine alte Pferdedecke gewickelt, auf dem Teppich vor Kröterichs Bett. Sie waren so erschöpft von der durchgestandenen Gefahr, der Kälte und der späten Stunde, daß sie bald einschliefen. Auch Kröterich schlief. Nur Marder lag wach und lauschte dem Regengeprassel, dachte an seinen Freund Hannibal und überlegte, ob der für diese Nacht auch einen sicheren Unterschlupf gefunden hatte. Wo er jetzt wohl war, weit weg oder vielleicht schon ganz in der Nähe?

Am nächsten Morgen regnete es noch immer. Der Wind hatte sich gelegt, und der Regen fiel senkrecht aus einem bleigrauen Himmel. Marder machte sich auf, die Lage zu erkunden.

Er war bald zurück. „Ihr kommt nicht durch“, meldete er. „Unmöglich! Die ganze Weide steht unter Wasser, es steht fast bis zum Zaun. Und der hintere Weg bergauf hat sich in einen gefährlichen Strom verwandelt.“

Sie rannten alle zum Fenster und schauten hinaus. Hinter dem Zaun erstreckte sich eine große graue Wasserfläche. Der Holzstapel für das Freudenfeuer ragte traurig darüber hinaus. Die weiße Henne krabbelte schnell wieder zurück auf ihren alten Platz oben auf den Holzscheiten hinter dem Ofen, die rheumatische Katze fand es an

dem zugigen Fenster auch nicht besonders angenehm und setzte sich so dicht an den Ofen, daß sie ihre Haare versengte. Doch Eichhorn hielt weiterhin am Fenster Wache. Er machte es sich auf der Fensterbank mit Kröterichs Fernglas bequem und rief alle fünf Minuten: „Es sieht aus, als würde das Wasser jetzt noch höher stehen!" Oder: „Da kommt ein Schiff! Nein, ich habe es mir nur eingebildet."

Mutter Schwein legte die Matratze und die Decken auf einen Haufen in eine Ecke und schob das Sofa wieder vor den Ofen. „Katze, setz dich her, hier ist es nicht kalt", sagte sie und deckte die Katze mit dem Umschlagtuch zu, das früher Kröterichs Mutter gehört hatte.

Kröterich lag noch im Bett, unter seinen Decken. Mit einem Auge schaute er zu, was Mutter Schwein alles tat, und Mutter Schwein fühlte das. Sie setzte sich vor sein Bett und flüsterte: „Kröterich, mir ist das so unangenehm. Sie können nicht nach Hause, ich aber schon. Und ich nehme so viel Platz ein. Glaubst du, daß du damit ein Problem hast? Sie werden den ganzen Tag schlafen. Also gehe ich jetzt. Kröterich? Kröterich, hörst du mich?"

Kröterich blickte Mutter Schwein an. „Ein Problem habe ich nicht", sagte er, „das heißt, solange du hier bist. Um zu sorgen. Ich will nicht, daß du allein weggehst. Entweder bleibt ihr alle hier, oder geht alle weg."

Marder hatte sich zu ihnen gesetzt. „Natürlich bleibst du hier", sagte er.

Und so geschah es. Sie blieben bei Kröterich, solange der Regen dauerte. Es regnete vier Tage und vier Nächte hintereinander. Marder ging oft hinaus und kam dann bald zurück, um zu erzählen, wie naß alles war, wie weit das Wasser reichte – schon bis in den Garten –, daß auch der Froschteich über die Ufer getreten war und daß nirgends ein Tier zu sehen war, noch nicht mal ein Vogel. Wahrscheinlich hätte Marder über einen Umweg sein eigenes Haus erreichen können, aber er hatte das Gefühl, daß er Kröterich nicht im Stich lassen durfte, nun, wo er das Haus so voll hatte. Deshalb blieb er.

Es war verrückt, aber schon nach einem halben Tag hatten sie sich eingewöhnt. Es war, als wäre es schon immer so gewesen. In Kröterichs Haus ging alles genauso einfach wie bei ihnen daheim. Und zum Glück hatte Kröterich genügend Vorräte, Dosen mit dem und Flaschen mit jenem und Säcke mit Roggenmehl und Haferflocken. An Nahrung würde es ihnen nicht fehlen. Kröterich lag meist schweigend auf dem Bett und beobachtete das geschäftige Treiben der anderen.

Eichhorn saß die meiste Zeit des Tages auf der Fensterbank. Jedesmal, wenn er das Fernrohr an die Augen hielt und das Wasser plötzlich so nah sah, erlebte er aufs neue, wie er in der großen Pfütze herumgestrampelt hatte, so oft unter Wasser geraten war und fast ertrunken wäre. Die Katze und die Henne spielten Schiffchen versenken, und abends begannen sie mit einem Puzzle aus achthundert Teilen, das sie unter Kröterichs Schrank gefunden hatten. Die Schachtel war noch in Zellophanpapier gewickelt, Kröterich hatte es nie angefangen. Mutter Schwein beschäftigte sich vor allem in der Küche und räumte, ohne daß sich groß was änderte, hier und da ein bißchen auf und putzte ein wenig. Doch alles so, daß es Kröterich nicht störte, denn sie wollte nicht, daß er sich in seiner eigenen Wohnung nicht mehr zu Hause fühlte. Kröterich und Marder unterhielten sich oft. Sie sprachen über alles mögliche, was man so redet, und über die Regentage, die sich in die Länge zogen.

Am zweiten Tag stand das Wasser schon bis zum halben Garten.

„Mein Haus ist wasserdicht", sagte Kröterich, als Eichhorn die Neuigkeit von der Fensterbank aus bekanntgab.

„Aber unter der Tür kann das Wasser durch", sagte Eichhorn.

„Es liegt hoch", sagte Kröterich, „also passiert nichts."

Sie ließen sich beruhigen. Kröterich würde es wohl am besten wissen, schließlich war es sein Haus. Nur Marder fragte sich, wie lange es noch regnen mußte, bis das Wasser über die Schwelle käme. Der Weg vom Gartentor zur Tür stieg höchstens einen halben Meter an.

Am dritten Tag regnete es weniger stark. Es nieselte. Und das Wasser kam bis zwanzig, dreißig Zentimeter vor das Haus.

„Alle Bäume stehen unter Wasser", rief Eichhorn aufgeregt. „Der ganze Wald ist überschwemmt!" Durch den feinen Regen sah er den fernen Wald wie durch einen Nebel. „Wie heißt das denn wieder, wenn alles unter Wasser steht? Da gibt es doch ein Wort ... Ich komme einfach nicht drauf."

„Die Sintflut", kam Kröterichs tiefe Stimme vom Bett herüber. „So etwas heißt Sintflut, Eichhorn."

„Natürlich", sagte die weiße Henne. „Das heißt Sintflut.

Immer, wenn es viel Wasser gibt, sagt man Sintflut, Eichhorn."

Die rheumatische Katze blickte vom Puzzle auf und meinte nachdenklich: „Gab es da nicht auch eine Geschichte? So eine alte Geschichte, die Marders Großmutter immer erzählte, genau wie die von den Elefanten, die aus einem fernen Land kamen? Weißt du sie noch, Marder?"

Marder lachte. „Ja, das ist eine Geschichte aus alten Zeiten, aber sie ist wirklich passiert. Ich habe sie euch doch schon erzählt, wißt ihr sie nicht mehr?"

„Los, Marder", bat die Katze.

„Was, los?" fragte Marder.

„Erzählst du sie?"

„Ja, er erzählt sie", sagte die Henne.

„Dann setzt euch mal alle gemütlich um den Tisch“, sagte Mutter Schwein.
„Na ja, von mir aus“, sagte Marder. „Wenn Kröterich einverstanden ist.“
Kröterich machte eine zustimmende Handbewegung, und Marder begann. Das heißt, er lehnte sich gemütlich zurück, steckte sich eine Zigarre an – obwohl es noch vor dem Mittagessen war –, räusperte sich ein paarmal, blies eine Rauchwolke aus, machte die Augen zu, seufzte und sagte dann: „Es geschah vor langer Zeit, vor noch viel längerer Zeit als andere Geschichten. Es war in einer Zeit, als die Menschen schlecht waren. Noch schlechter, als sie heute sind. Das kann man sich fast nicht vorstellen, aber es ist so. Denn meine Großmutter begann die Geschichte immer so: Vor langer Zeit gab es ein Land, in dem die Menschen in Sünde lebten. Und das bedeutet, daß sie schlecht waren.“
„Was soll ich mir darunter vorstellen?“ rief Eichhorn von der Fensterbank herüber.
„He, setz dich doch zu uns“, sagte Mutter Schwein. „Sonst kann Marder nicht so gut erzählen, wenn einer so weit von ihm entfernt sitzt.“
Eichhorn kam von der Fensterbank herunter und setzte sich neben die Katze auf das Sofa.
„Was du dir darunter vorstellen sollst?“ sagte Marder mit einem Lächeln. „Ich glaube, daß sie viel gestritten und sich gegenseitig beschimpft haben, auch wenn es keine Gründe dafür gab. Oder daß einer das Essen vom anderen aufgegessen hat oder daß sie sich gemeine Streiche gespielt haben. Sich auf eine schlimme Art zum Narren

hielten. Meine Großmutter sagte: Die Menschen lebten in Sünde, im Trunk und der Liederlichkeit, und Gott, der die Menschen geschaffen hat, sah es an und war betrübt. Das heißt, sie tranken viel und tanzten und malten sich die Lippen rot an. Sie feierten dauernd Feste und wollten nicht arbeiten. Und Gott sah alles und war tief betrübt.
Nun lebte ein Mann in dem Land, der machte nicht mit bei der Sünde und was sie sonst noch Falsches taten. Ehrlich gesagt, ich kenne dieses Stück der Geschichte nicht so gut, ich habe es nie richtig verstanden. Der eine Mann, der ein guter Mensch war, hieß Noah. Und Gott sagte zu Noah: Ich bin betrübt, weil alle außer dir schlecht sind. Und deshalb werde ich es regnen lassen, vierzig Tage und vierzig Nächte, und das ganze Land soll unter Wasser stehen. Die ganze Welt soll unter Wasser stehen, meine ich. Sie werden alle ertrinken, aber ich will, daß du am Leben bleibst. Und deshalb mußt du dir ein Boot bauen. Ein großes Schiff, das schwimmt, wenn alles unter Wasser steht. Und darauf gehst du mit deiner Frau und deinen Kindern und mit allen Tieren. Denn Gott liebt Tiere sehr, das wißt ihr ja. Von allen Tieren mußt du zwei auf das Schiff lassen, sagte Gott.
Als Noah das Schiff fertig gebaut hatte, begann es zu regnen. Noah warnte die Menschen noch. Ihr seid selber schuld, sagte er. Es regnet, weil ihr schlecht seid und nichts anderes tut als Feste feiern und tanzen und Musik machen und was es sonst noch für Liederlichkeiten gibt. Doch die Menschen lachten Noah aus. Sie glaubten ihm nicht. Und es regnete und regnete, vierzig Tage und vierzig Nächte, und alles stand unter Wasser. Nur Noah und

seine Familie und die Tiere saßen trocken und sicher auf dem Schiff."

Marder zog an seiner Zigarre. Die anderen schauten zum Fenster und zu den Tropfen am Glas und zu dem dunklen Himmel draußen.

„Marder", sagte die Katze, „glaubst du, daß wir auch ... weil wir ein Fest feiern wollen? Sind wir auch ... wie hast du es genannt ... liederlich? Schließlich singen wir auch manchmal ein Lied. Und ich habe gehört, daß Wolf eine Flöte hat und daß er Schafbock das Tanzen beigebracht hat. Eichelhäher hat es gesagt, er hat es selbst gesehen, sagt er. Weil er fliegt, weißt du, weil er mehr sieht als wir. Sie tun es irgendwo anders, sagt er. Und er sagt: Es wird noch böse mit ihnen enden."

„Aber nein", sagte Marder. „Blödsinn! Das sieht Eichelhäher ähnlich. Stell dir vor, daß wir kein Fest feiern dürften, wenn Hannibal kommt. Wenn ich so was höre, werde ich böse."

„Und wenn du böse wirst, ist Gott auch betrübt", sagte die weiße Henne. „Und dann kommt noch mehr Regen."

„Also, wenn ihr so anfangt, erzähle ich nicht weiter."

Da sagte Kröterich: „Was vor langer Zeit passiert ist, muß heute nicht ebenfalls passieren. Das haben wir doch bei Hannibal gesehen. Ich meine, bei der Elefantengeschichte. Erzähl weiter, Marder."

Marder schaute sich im Kreis um. „Also, es regnete vierzig Tage und vierzig Nächte", sagte er, „ohne Unterlaß und viel mehr als jetzt. Noah gab den Tieren jeden Abend etwas zu essen, den Löwen, den Tigern, den Krokodilen, den Kröterichen, den Eichhörnchen, den ..."

„Den Elefanten“, sagte die weiße Henne.
„Den Hühnern und den Katzen“, sagte die Katze.
„Und den Mardern“, sagte Kröterich.
„Allen“, sagte Marder. „Denn es gab von jeder Art zwei. Vögel, Schmetterlinge, eben alle. Und sie hatten es ganz gemütlich da, zusammen auf dem Schiff, während es draußen regnete. In dieser Hinsicht war es wie bei uns, aber nur in dieser Hinsicht.
Und als es aufhörte zu regnen, mußte Noah warten, bis wieder ein Stück Land getrocknet war, damit er landen konnte. Und deshalb ließ er nach ein paar Tagen eine Taube los, denn Tauben sind gute Flieger. Die Taube flog davon, um Land zu suchen, aber sie fand kein Land. Und nach einer Woche ließ Noah wieder eine Taube los ... “
Hier wurde Marder erneut von der Katze unterbrochen. „Sag mal, Marder, ich glaube, du vergißt was“, sagte sie. „Da war doch damals auch ein Bär, der mit sieben Honigtöpfen auf dem Ast eines Baumes saß, oder? Und der dann die ganzen Töpfe leer aß, oder? Als es so regnete?“
„Ja, ja, das weiß ich noch!“ rief die weiße Henne. „Und da war auch ein winziges Schweinchen, das rief Hilfe! in eine Flasche und warf die dann ins Wasser.“
„Nein, nein, ihr bringt alles mit einer anderen Geschichte durcheinander“, sagte Eichhorn und lächelte ein bißchen verächtlich. „Da ging es nicht um Gott, da war ein Junge dabei, der einen Stock an der Stelle in die Erde steckte, bis zu der das Wasser kam, und am nächsten Tag stand der Stock unter Wasser. Das hätten wir auch tun sollen.“
„Laßt Marder doch erzählen“, sagte Mutter Schwein. „Oder wollt ihr erst noch etwas essen und trinken?“

„Die Geschichte ist fast fertig", sagte Marder. Er fühlte, daß er bald die Geduld verlieren würde, und fand, daß er nicht gut erzählte. Vielleicht liegt es an der Geschichte, dachte er, aber es konnte auch an ihm liegen. Schnell erzählte er weiter: „Und wieder ließ Noah eine Taube los, und die kam nach ein paar Tagen zurück und hatte den Zweig eines Olivenbaums im Schnabel. Da wußte Noah, daß irgendwo schon Land getrocknet war. Er ließ sich von der Taube den Weg zeigen und fuhr hin. Das war's."
„Dann gehe ich jetzt Essen machen", sagte Mutter Schwein.
Eichhorn ohne Schwanz sagte: „Und trotzdem stimmt merkwürdig viel, finde ich. Wenn wir hier eine Taube hätten und die wegfliegen ließen, käme sie bestimmt auch mit einem Olivenzweig zurück. Ich möchte nämlich wetten, Marder, daß dein Haus und die Olivenbäume nicht unter Wasser stehen."
„Natürlich nicht", sagte Marder. „Kröterichs Haus steht nicht mal unter Wasser, es steht nur im Wasser. Und jetzt will ich mir mal ein bißchen die Füße vertreten."
„Oh, paß gut auf!" rief Mutter Schwein. „Man weiß nie, wie tief es ist."
„Keine Angst, so schnell verliere ich nicht den Boden unter den Füßen", sagte Marder.
Er machte die Tür auf. Das Wasser klatschte gegen die steinerne Schwelle, und wohin er auch schaute, er sah nur Wasser.

Vorsichtig lief Marder um Kröterichs Haus herum. Er sah, daß es ein bißchen weiter oben, dort, wo der Elefantenberg begann, ein richtiger Berg zu sein, trocken war. Doch das ganze Tal stand unter Wasser. Die Stelle, wo der Froschteich sein mußte, war nur noch an den Rispen des Schilfgrases zu erkennen, die über die Wasseroberfläche herausragten. Aus dem dunklen Himmel fiel noch immer ein trüber Regen, und der Boden unter Marders Füßen quatschte. Ich würde gern mal kurz nach Hause gehen und nachschauen, dachte er. Vielleicht braucht Mutter Schwein ja auch was.

Er ging zurück und steckte den Kopf durch die Tür. „Ich geh mal rauf und schau nach, wie's dort aussieht", sagte er. „Soll ich auch bei deinem Haus vorbeigehen, Mutter Schwein? Soll ich was für dich mitbringen?"

„Oh, sei bloß vorsichtig! Du wirst noch ertrinken!“ rief Mutter Schwein.
„Ach nein. Wo kein Wasser ist, ist es trocken. Wenn der Weg gut ist, könnt ihr morgen alle wieder nach Hause.“
„Wenn sie morgen nach Hause gehen, brauchen sie jetzt nichts“, sagte Kröterich.
„Nein, wir brauchen wirklich nichts“, rief Eichhorn, der wieder auf der Fensterbank saß.
„Ein paar Handtücher und ein Küchenhandtuch“, sagte Mutter Schwein. „Und eine saubere Schürze für mich. Aber wenn es dir zuviel ist, ist es nicht nötig.“
„Und für mich meine Pillen mit Ameisensäure gegen den Rheumatismus“, sagte die Katze. „Sie liegen in der kleinen Schublade.“
„Und für mich ...“ sagte die weiße Henne. Sie mußte kurz nachdenken, „... für mich unser eigenes Puzzle, das mit den tausend Blumen. Das hier haben wir fast fertig.“
„Ich werde sehen“, sagte Marder und machte sich auf den Weg.
Das Hochklettern fiel ihm nicht leicht. Manchmal hatte er das Gefühl, irgendwo anders zu sein, nicht auf dem Elefantenberg. Über die ausgetretenen Pfade stürzte Wasser bergab, und deshalb mußte er sich seinen Weg zwischen Bäumen und Sträuchern suchen. Überall hatte der Regen gewütet. Bäume waren entwurzelt und lehnten an anderen Bäumen, ihre Wurzeln voller gelblicher Erdbrokken ragten in die Luft. Viel Erde war weggespült worden, und Steine, große und kleine, waren herabgestürzt. Der Boden war glitschig, und Marder rutschte ein paarmal ein Stück bergab. Dann hielt er sich an Sträuchern fest, die

aber auch nicht besonders viel Halt boten. Und so erreichte er erst nach zwei Stunden mühsamen Kletterns Mutter Schweins Haus.
Auf dem Hof standen große Wasserpfützen. Der Regen malte Kreise hinein. Unter den Bäumen hatte Marder es nicht gemerkt, aber jetzt fiel ihm auf, daß es wieder stärker regnete. Wenn das so weitergeht, wird Kröterichs Haus auch noch überschwemmt, und dann wären wir hier noch besser dran, dachte er.
Die Tür war nicht abgeschlossen. Ein seltsamer Geruch hing in Mutter Schweins Haus. Vom nassen Ruß im Schornstein, von feuchtem Bettzeug, von Schimmel – alles fühlte sich klamm an. Marder zündete eine Kerze an, die auf dem Tisch stand. Durch das kleine Fenster, vor dem Efeu wuchs, fiel so wenig Licht herein, daß er sogar bei offener Tür so gut wie nichts sah. Er hielt die Kerze hoch und schaute sich um. Alle Dinge standen auf ihrem gewohnten Platz: die Stühle, die Schemel, auf denen die kleinen Tiere so gern saßen, Mutter Schweins Schaukelstuhl voller Kissen, die Tischlämpchen, Uhren und Vasen auf Kommoden und Regalen. Alles war ordentlich aufgeräumt, das Bett gemacht, die Spüle leer und sauber. Hier sieht es anders aus als bei Kröterich, dachte Marder. Was ist dort aber auch für ein Durcheinander. Trotzdem, die Gemütlichkeit, die man sonst hier immer findet, die fehlt. Die ist mit ihnen zu Kröterich umgezogen.
Er machte den großen Wäscheschrank auf, um nach Handtüchern, Küchenhandtüchern und der Schürze zu suchen. Du lieber Gott! Was für Zeug sie hatte! Eichhorn

hatte ihm schon mal erzählt: Alles hat sie vierundzwanzigmal. Weil sie so gern für alle sorgt. Und es stimmte. Viele Stapel Handtücher, Laken, Kissenbezüge, Staubtücher, Servietten und kleine Servietten, Wärmflaschenbezüge, Spüllappen, Eierwärmer, Untersetzer und gehäkelte Deckchen waren in die Fächer gequetscht. Mehr hätte auch nicht reingepaßt. Marder wagte kaum, ein Handtuch aus dem Stapel zu ziehen, vor Angst, alles könnte dabei aus dem Schrank fallen.

Schnell suchte er die anderen Dinge zusammen, das Puzzle und die Pillen, und packte alles in eine Tasche. Denn plötzlich fühlte er sich beschämt, weil er in ihrem Haus herumschnüffelte. Bevor er die Tür hinter sich zuzog, schaute er sich noch einmal um. Über dem Bett war ein dunkler, nasser Fleck auf der Mauer. An der Schwelle schoben ein paar Pilze ihre zarten Stiele aus dem Holz. Die Asche im Herd war zu einem nassen Brei geworden – der Regen fiel durch den breiten Schornstein herein. Kein gutes Haus, dachte Marder, aber sie will es ja nicht anders.

Der Tisch, die Stühle und die Bank im Teepavillon waren klatschnaß. Marder wischte einen Stuhl mit dem Küchenhandtuch trocken und setzte sich. Er fühlte sich traurig. Der arme Hannibal, dachte er, der bei diesem Wetter auf der Reise ist. Der arme Hannibal, der in diesem Regen durch ferne, fremde Länder zieht. Und aus dem Fest wird auch nichts. Alles ist naß und kaputt. Keine Torten, keine Lampions, keine Luftballons. Die Girlanden aus Silberpapier, die im Laub des Geißblatts gehangen hatten, waren nicht kaputt. In dem grauen

Licht wiegten sie sich hin und her. Die Girlanden, die mal so festlich ausgesehen hatten, machten Marder nun noch trauriger. Er kommt bestimmt nicht, dachte er, es ist alles ein großer Irrtum. Das Foto ... oh! Das Foto! Das Foto! Wenn es doch ein Irrtum ist, wenn Kröterich sich geirrt hat, dann ... Marder wagte nicht weiterzudenken. Er stand auf und begann wütend an den Silbergirlanden zu ziehen, und ohne zu überlegen, was er tat, stopfte er sie in die Tasche.

Es würde kein Fest geben, das wußte er nun genau. Und Hannibal kam nicht. Auch das wußte er genau. Während Marder zu seinem eigenen Haus hinunterstieg, versuchte er, nicht mehr an Hannibal zu denken. Auch jetzt mußte er dauernd aufpassen, daß er nicht mit lockeren Steinen

hinunterrutschte. Der Wald hinter seinem Haus war fast unerkennbar geworden, so viele Bäume waren wegen der weggespülten Erde umgefallen. Doch das drang nicht zu Marder durch. Automatisch suchte er nach dem sichersten Weg, kletterte über Strünke und Zweige und kam, ganz deprimiert von dem, was er vorhin gedacht hatte und woran er nicht denken wollte, an seinem Haus an.
Auf seinem Dachboden war es trocken. Das Dach von diesem Teil des verlassenen Hauses war noch gut, es regnete nicht herein. Doch es war unangenehm dunkel und kalt. Marder sehnte sich nach Gesellschaft. Er hatte Angst davor, mit seinen Gedanken allein zu sein, deshalb ging er in den Stall, um nach Schafbock zu schauen. Es sah aus, als wäre dieser schon lange nicht mehr hiergewesen.
Ohne sich in die Frage zu vertiefen, wo Schafbock wohl war und wie er diesen Regen überstanden hatte, lief Marder auf den Hof vor seinem Haus. Da sah er die bunten Girlanden und die Lampions in den Olivenbäumen, die wie nasse Fetzen an den Zweigen hingen. „Oh! Was sind wir doch für Idioten!“ rief Marder laut. Er rannte zu den Olivenbäumen und riß wütend die Girlanden und Lampions herunter. Die Farben waren ineinander zerflossen, Rot, Lila und Orange, und färbten auch seine Pfoten. Er wußte nicht, wo er mit den Sachen hin sollte, er konnte es nicht ertragen, diese fröhlichen Farben in dieser traurigen Welt zu sehen, und stopfte das ganze nasse Zeug einfach in die Tasche.
Der Pfad, der zwischen den Olivenbäumen bergab führte, war naß, doch der Boden war hart und begehbar. Als er unten angekommen war, mußte er noch ein Stück

durch hohes nasses Gras laufen, dann kam er nicht weiter. Der Sandweg, der parallel zum Fluß verlief, stand unter Wasser. Nur die Böschung weiter unten ragte noch ein wenig aus dem Wasser heraus. Marder ging oberhalb des Flusses in Richtung auf Kröterichs Haus. Er wollte einen Umweg um die Riesenpfütze machen, die einmal die Schafweide gewesen war, um so die Rückseite von Kröterichs Haus zu erreichen.

Einen Augenblick blieb er stehen, um sich auszuruhen und über das stille graue Wasser zu schauen. Er achtete nicht darauf, daß er langsam durch und durch naß geworden war. In seinem Kopf dröhnte es, er mußte sich große Mühe geben, nicht an das zu denken, woran er nicht denken wollte – nicht an das Foto, nicht an das lächerliche Fest und vor allem nicht daran, was wirklich mit Hannibal passiert war... Und deshalb drang es erst gar nicht zu ihm durch, daß hier, nicht weit von ihm, etwas Seltsames auf dem Wasser trieb. Ein flachgedrückter Strauch, dachte er, oder ein Tablett, aus Zweigen und Schilf gemacht. „Das ist ja das Floß", sagte Marder, ohne weiter nachzudenken.

Eine Überschwemmung wie diese hatten die Tiere auf dem Elefantenberg noch nie erlebt. Aber wenn im Frühjahr der Schnee auf den Bergen schmolz und viel Regen fiel, stieg das Wasser im Fluß so hoch, daß die Bäume am Ufer mit den Stämmen im Wasser standen. Dann wurde die Furt unpassierbar. Und deshalb hatten sie – es war eine Idee von Kröterich gewesen – vor langer Zeit einmal ein Floß gebaut, so daß sie mit trockenen Pfoten das andere Ufer erreichen konnten. Das Floß hatte seit langer

Zeit vergessen zwischen dem Schilf gelegen, und jetzt hatte es sich offenbar losgerissen und war abgetrieben.
Noch immer ohne nachzudenken, was er tat, stellte Marder die Tasche an einer trockenen Stelle ab und begann, nach einem kräftigen Stock zu suchen. Als er einen gefunden hatte, stapfte er ins Wasser bis zu dem Floß, kletterte darauf und trieb es mit Hilfe des Stocks Richtung Ufer. Das erspart mir ein Stück Laufen, dachte er, als er die Tasche auf das Floß hob. Er stemmte den Stock gegen ein Grasbüschel und stieß sich ab.
Es kostete Marder wenig Mühe, das Floß über die weite Wasserfläche zu lenken. Es war windstill, und der Regen hatte fast aufgehört. Noch immer gedankenlos – oder eigentlich so voller Gedanken, daß es ihm bang ums Herz war und er nicht denken wollte – fuhr er über das, was einst die Schafweide gewesen war. Immer wieder begegnete er einem Ast oder einem Baumstrunk, ein paarmal auch einem Bündel Zweige, die ineinander verhakt waren, und jedesmal bückte er sich und zog die Zweige aufs Floß. Es war Holz für das Freudenfeuer, das er so eifrig gesammelt hatte und das nun hier im Wasser trieb. Schon bald glich das Floß einem treibenden Scheiterhaufen.
Marder band das Floß am Gartenzaun fest und watete zur Tür.

Mutter Schwein wischte gerade den Fußboden, und Kröterich schlief.
„Regnet es noch?“ fragte die rheumatische Katze klagend. „Hast du meine Pillen mitgebracht?“

„Es kommt über die Schwelle“, sagte Mutter Schwein und wrang den Putzlappen gründlich aus. „Alles, was auf dem Boden lag, ist naß geworden.“
„Hast du das Puzzle gefunden?“ rief die weiße Henne. „Wir backen gleich Pfannkuchen. Mutter Schwein hat Teig gemacht. Drei Eimer voll.“
„Schau mal, was liegt denn dort am Zaun?“ rief Eichhorn von der Fensterbank.
Kröterich hatte sich umgedreht und ein Augenlid hochgezogen. Er schaute Marder an und wußte sofort, daß etwas geschehen war. Marder hatte die volle Tasche auf den Tisch gestellt und starrte jetzt hilflos vor sich hin.
„Was ist passiert?“ fragte Kröterich leise.
„Nichts“, sagte Marder.
Mutter Schwein lief zur Tür, um einen Eimer Schlammwasser draußen auszukippen, überlegte es sich aber und goß das Wasser in den Spülstein. „Ja, wie dumm von mir“, sagte sie zu Marder. „Ich habe eine ganze Tüte Hefepulver in den Teig getan, ich dachte, es wäre Mehl. Da mußte ich noch ein bißchen Mehl dazutun und noch ein paar Eier, und der Teig ist aufgegangen und aufgegangen ... Jetzt kann ich wohl die ganze Nacht durchbakken, so viel ist es geworden. Wie sollen wir es nur schaffen, alles aufzuessen? Zum Glück hat Kröterich Sirup und Honig im Haus.“
„Sieben Töpfe Honig, genau wie Noah“, sagte die weiße Henne. „Was ist denn alles in der Tasche?“
„Ja, was ist denn in der Tasche?“ fragte auch Mutter Schwein. „Oh, wie schön, du hast alle Girlanden mitgebracht.“ Sie holte die Girlanden heraus, erst die bunten

und die zerdrückten Lampions, dann die aus Silberpapier.
„Alles schmutzig und kaputt“, sagte Marder. „Taugt für nichts mehr. Einfach lächerlich, das Zeug in den Bäumen.“
„Marder!“ sagte Kröterich.
„Nichts, nichts“, sagte Marder. Er setzte sich an den Ofen, und dort fiel er, müde von allem, aber am meisten von der Anstrengung, nicht nachzudenken, sofort in Schlaf. Kröterich betrachtete ihn, solange er schlief. Und wenn einer der anderen auf Kröterich geachtet hätte, hätte er an seinem Gesicht gesehen, daß er sich wegen irgend etwas schuldig fühlte.
Doch die anderen achteten nicht auf Kröterich, genausowenig auf den schlafenden Marder. Sie waren eifrig dabei, die Girlanden wieder aufzufalten und die Knitter, so gut es ging, auszubügeln. Dann hängten sie sie zum Trocknen über den Ofen.
Doch es waren so viele, daß bald das ganze Zimmer voller Girlanden war, von der einen Ecke zur anderen, von der Lampe zum Spiegel und vom Schrank zum Kamin. Die Lampions hängte Mutter Schwein mit Wäscheklammern an die Leine in der Küche, zwischen die Wäsche, die dort zum Trocknen hing, und dann spannte sie auch noch zwei Leinen über Kröterichs Bett, um den Rest der Lampions aufzuhängen.
„Die Girlanden aus Silberpapier sind noch sehr gut, die halten Wasser aus“, sagte die rheumatische Katze. „Warum hat er die auch mitgenommen?“
„Weißt du was?“ sagte Eichhorn. „Mit denen schmücke

ich die Tür. Dann ist wenigstens dieses Haus hier ein bißchen festlich."

Ein tiefer Seufzer klang durch das Zimmer, so tief und sorgenvoll, daß plötzlich alle innehielten. Sie drehten sich um und blickten zu Kröterichs Bett hin, denn von dort war der Seufzer gekommen. Doch Kröterich lag auf dem Rücken, mit geschlossenen Augen, und atmete tief und gleichmäßig.

Um die beiden schlafenden Freunde nicht zu stören, fuhren Mutter Schwein und die kleinen Tiere ganz ruhig mit ihrer Arbeit fort, und wenn sie sich etwas zu sagen hatten, dann taten sie das flüsternd. Mutter Schwein stellte leise eine große Pfanne auf das Feuer, ließ das erste Stück Butter hineingleiten und drehte die Pfanne so, daß die zischend schmelzende Butter den ganzen Boden einfettete. Sie schöpfte einen Löffel Teig in die Pfanne und backte einen Pfannkuchen nach dem anderen.

Sie hatten die Tür aufgemacht. Es war trocken draußen. Der Himmel war zwar noch grau, aber ein bißchen heller. Das Wasser kam immer noch bis zur Schwelle, schwappte aber nicht mehr darüber. Eichhorn kletterte auf eine Leiter und hängte die silbernen Girlanden an die Haustür. Er steckte da und dort ein bißchen Grün und ab und zu eine Papierblume dazwischen, die noch nicht allzu durchweicht und kaputt war. Und der Duft von Pfannkuchen trieb durch die offene Tür nach draußen.

Wo steckt der Elefant?

In all den Nächten, als es ununterbrochen regnete, hatten Schafbock und Wolf auf dem Posten gestanden und über die dunklen Berge geschaut. Für beide war Regen kein großes Problem. Wolf hatte in der Zeit, als er noch mit dem Rudel herumgezogen war, Schlimmeres erlebt, zum Beispiel Schneestürme und manchmal schneidenden kalten Wind, und Schafbock mit seinem schweren Fell aus fetter Wolle fühlte nur an der Nase, daß Wasser vom Himmel fiel.

Durch den ständig strömenden Regen war die Aussicht schlecht. Nur ein paar Lichter von Häusern, in denen Menschen wohnten, oder von Autos, die in einem anderen Tal eine Straße entlangfuhren, zeigte ihnen, wie weit die Welt war und aus welcher Entfernung Hannibal kommen mußte.

Und dann regnete es eines Nachts nicht mehr. Der Himmel wurde weiter, der Wind blies die Wolken vor sich her, und kurz nach Mitternacht war der erste Stern zu sehen. Schafbock, der oben auf dem Elefantenberg stand, schaute zum Himmel und zählte die Sterne, die einer nach dem anderen erschienen. Das heißt, daß sich das Wetter ändert, dachte er. Bäume und Sträucher wurden immer deutlicher sichtbar, sogar Grashalme konnte er nun erkennen. Er drehte sich um und blickte in das eigene Tal hinunter. Wo früher der Fluß als eine dünne, glänzende Schlangenlinie zu sehen gewesen war, lag nun ein großer, silberner Wasserspiegel, und in diesem Spiegel trieb ein weißer Ballon. Das dachte Schafbock, bis er sah,

daß der Mond hoch am Himmel stand. Er war fast rund und betrachtete erstaunt sein Spiegelbild im Wasser.
Eine Weile beobachtete Schafbock die beiden Monde. So hoch war der eine und so weit und tief der andere – Schafbock wurde ganz schwindlig davon. Er drehte sich um und blickte wieder zur anderen Seite des Berges, denn das war seine Aufgabe: auszuschauen, ob Hannibal kam. Vielleicht lag es an seinem Schwindelgefühl oder auch an seinem Mangel an Schlaf, jedenfalls sah Schafbock unter sich einen Brombeerstrauch, der sich schwarz und rund gegen die Nacht abhob. Das ist er, dachte Schafbock. Hannibal! Hannibal! Und sofort trabte er ein paar Meter bergab, bis er die Schirmtannen erreichte, nahm einen Ast, kletterte wieder bergauf und steckte ihn an.

Er schwenkte den brennenden Ast und spähte hinüber zur anderen Seite, zu dem Berg mit der Baumreihe. Zum erstenmal waren die Bäume nun deutlich zu sehen, nebeneinander in einer Reihe, und dort mußte Wolf sein. Doch er sah Wolf nicht.
Dann entdeckte er plötzlich ein aufblitzendes Licht, irgendwo auf dem Berg. Und dann wieder. Und noch einmal. Dreimal Licht-Licht-Licht. Er kommt, dachte Schafbock, habe ich eigentlich dreimal den Ast geschwenkt? Nein, viel öfter, ich schwenke ihn ja immer noch. Er hielt inne. Wieder ein Blitz, der macht einfach weiter. Wieder einer, jetzt bin ich mit dem Zählen ganz durcheinander. „Das geht nicht!“ rief er laut. „Es gibt nur einen Hannibal! Es können keine zwei sein!“ Wütend stampfte Schafbock mit dem Fuß auf, wütend auf Wolf, der so blöd war, der Lichtsignale gab, wo er Hannibal doch gar nicht gesehen haben konnte, weil er, Schafbock, ihn gesehen hatte. Das war gegen die Abmachung.
Schafbock hatte sich wieder umgedreht und suchte Hannibal mit den Augen. Der Wind blies stärker, Bäume und Sträucher auf der anderen Seite des Elefantenbergs bewegten sich hin und her. Ein Brombeerstrauch bewegte sich auch, ein schwarzer, runder Strauch auf dem dunklen Berg. Die Wolken waren auseinandergetrieben, und im Licht vom Mond und von tausend Sternen waren Sand und Steine, Tannen und Brombeersträucher klar zu sehen. Der weiße Schafbock oben auf dem Berg starrte verwirrt hinunter. Er hatte sich geirrt. Und plötzlich hatte er keine Lust mehr, dort zu warten und genau wie Wolf Wächter zu spielen. Plötzlich kam ihm alles so

kindisch vor – mit einem brennenden Zweig winken, Zeichen mit einer sogenannten Räuberlaterne geben –, das war doch nichts für ihn. Er hatte genug davon, er wollte nach Hause. Mutlos und weit weniger würdevoll als sonst stieg Schafbock den Berg hinunter. Sobald er die Tür seines Stalls hinter sich geschlossen hatte, legte er sich hin, um auszuruhen.

Eichelhäher litt kaum unter der Überschwemmung, nicht nur, weil er im Wald lebte und sein Haus in einem Baum hatte. Wer nun noch nicht begreift, daß es ein großer Vorteil ist, wenn man fliegen kann, muß sehr dumm sein, dachte er. Und jedesmal, wenn er bei Kröterich vorbeigekommen war, ein bißchen naß zwar, aber sonst ganz in Ordnung, hatte er das den anderen erklärt. „Sich vom Boden lösen, das sage ich ja. Wer fliegt, sieht viel mehr. Man muß sich fortbewegen können, trotz aller Umstände. Versteht ihr das?"

Auch an diesem Abend war er über das Wasser geflogen und hatte schon von weitem gerochen, daß in Kröterichs Haus gebacken wurde. Tatsächlich stellte Mutter Schwein in dem Moment, als er das Haus betrat, einen Teller mit einem großen Pfannkuchen vor ihn auf den Tisch. Eichelhäher aß so viele Pfannkuchen, daß er später keine Lust hatte, nach Hause zu gehen. Deshalb blieb er in dieser Nacht bei den anderen. Einer mehr oder weniger, das war schließlich egal, nachdem das Haus ohnehin so voll war. Und Eichelhäher begnügte sich mit einem kleinen Plätzchen hinter dem Ofen, wo er neben der weißen Henne auf dem Holz saß und bald einschlief.

Auch die kleinen Tiere schliefen, ebenso wie Mutter Schwein. Sie machte zischende Geräusche im Schlaf und murmelte: „Noch einen, noch einen“, denn sie träumte, sie wäre noch beim Pfannkuchenbacken. Als der Teig aufgehört hatte zu gehen, war er so viel geworden – eine Waschwanne und drei Eimer voll –, daß sie längst nicht alle Pfannkuchen hatten essen können. Zwei große Teller standen auf dem Fußboden, und auf jedem lag ein Stapel Pfannkuchen, der fast bis zur Decke reichte.
Kröterich war wach. Zum erstenmal seit Jahren konnte er nicht einschlafen. Er versuchte an alles zu denken, was es so zu denken gab, nur nicht an das eine. Es gelang ihm nicht. Und er wußte, daß Marder auf dem Vorleger vor dem Bett ebenfalls wach lag. Marder war ganz ruhig, trotzdem war Kröterich sicher, daß er nicht schlief. Und er wußte auch, daß das nicht daran lag, daß Marder vor dem Essen eine Weile geschlafen hatte auf einem Stuhl am Ofen.
Er beugte sich aus dem Bett und berührte Marder. „Komm, leg dich neben mich“, sagte er. „Wir müssen miteinander sprechen.“
Marder seufzte und schnaufte tief durch die Nase.
„Du kannst mich nicht täuschen“, flüsterte Kröterich. „Komm, leg dich neben mich und erzähl mir alles.“
Marder stand auf und legte sich, in seine Decke gerollt, neben Kröterich aufs Bett.
„Und?“ fragte Kröterich.
„Was und?“
„Sag mir, warum es dir so schlecht geht.“
Marder schwieg. Doch dann hielt er es nicht mehr aus. Er

drückte seine Schnauze ins Kissen und flüsterte heiser: „Du hast es schon die ganze Zeit gewußt. Du hast gesagt: Das müssen wir feiern, aber du hast es gewußt. Du hast es getan, um mich zu schonen. Du hast getan, als wäre ... weil ... um uns ... “

Kröterich wußte nicht, was er sagen sollte. Und Marder fuhr fort: „Ein Sprung in die Freiheit. Im Fluß davongeschwommen. Von Wuppertal bis hierherlaufen. Wir wissen nicht mal, wo Wuppertal liegt! Und ich ... ich ... ich wollte es so gern glauben. Ich wollte nicht denken. Ich ... “

„Es hätte doch sein können“, sagte Kröterich reuig. „Du weißt doch, wie stark er ist. Und daß es ihm hier so gut gefallen hat, daß er uns alle so gern hatte. Dich am meisten.“

„Er hat alle gleich gern gehabt. So ist Hannibal. So war Han ... “ Einen Moment blieb es still. Dann sagte Marder rauh: „Nach unten gestürzt. Zu Tode.“

„Wenn ich ganz ehrlich bin“, sagte Kröterich flüsternd, „muß ich sagen, daß ich das auch oft denke. Und dann wieder nicht. Manchmal denke ich: Er ist gesprungen! Wenigstens hat es auf dem Foto so ausgesehen. Dann denke ich, daß so was unmöglich ist. Und dann wieder: Jeden Tag kann er kommen.“

„Das ganze Fest war für die Katz“, sagte Marder. „Es hat auch viel zu lang gedauert. Der Regen hat alles kaputtgemacht. Alles umsonst. Ach, das macht jetzt auch nichts mehr aus. Ich weiß es jetzt genau – er kommt nicht. Was sollen wir zu den anderen sagen?“

„Nichts“, sagte Kröterich.

„Wir müssen doch irgend etwas sagen, oder?“
„Das ist nicht nötig. Die vergessen so schnell, die sind nicht so wie du und ich.“ Kröterich legte die Pfote auf Marders Schulter und schob ihn leicht hin und her, weil er nicht wußte, wie man jemanden tröstet. „Weißt du was, laß uns einfach denken, er wäre gesprungen. Nicht gefallen, sondern gesprungen. Behalten wir das doch in unseren Gedanken: Er wollte zum Elefantenberg. Zu uns. Das ist doch etwas Schönes.“
„Danke“, sagte Marder heiser.
So wie alles in der letzten Zeit seltsam und anders als gewöhnlich war, fiel nun Marder in einen tiefen, traumlosen Schlaf, während Kröterich die ganze Nacht wach lag. Er starrte in die Dunkelheit, unruhig und voller

Gedanken und seltsamer Gefühle. Verwundert fragte er sich, wie es möglich war, daß er, Kröterich, nicht schlafen konnte.

Wolf hatte den brennenden Zweig gesehen, den Schafbock schwenkte, und gedacht: Jetzt muß ich Antwort geben, ihm zeigen, daß ich ihn verstanden habe. Sechsmal, das kapiert er bestimmt. Und sechsmal zog er die Klappe von seiner Laterne hoch. Dabei dachte er: Dieser Hannibal kommt also von der anderen Seite. Schade. Es wäre schöner gewesen, wenn er bei mir über den Berg gekommen wäre. Aber gut, dann werde ich ihnen die große Neuigkeit gleich erzählen, ich bin eher unten als Schafbock. Und er trabte den Berg hinunter.
Als er an den Fuß des Berges mit der Baumreihe kam, blieb er keuchend stehen. „Du bist noch ziemlich gut in Form, alter Knacker", sagte er zu sich selbst, aber er mußte sich trotzdem eine Weile ausruhen, bevor er weiterging.
An dieser Seite des Tales war das Hochwasser bis ein paar Meter unterhalb des Hauses, in dem die beiden alten Menschen waren, gestiegen. Wolf schlich in einem weiten Bogen um das Haus herum. Der Hund Padrone schlug an; er war zusammen mit den Schafen in den Stall eingesperrt. Wolf konnte es nicht lassen, er mußte leise knurren. Hunde konnte er nicht ausstehen. Vor dem weiten See bleib er stehen und spähte auf die andere Seite. Kröterichs Haus lag am nächsten, dort würde er zuerst hingehen. Er hatte keine Angst davor, ein Stück zu schwimmen.

Er band sich den Rucksack auf den Kopf und lief ins Wasser. Als er keinen Boden mehr unter den Füßen spürte, begann er zu schwimmen. Er hörte den Hund noch bellen, als er schon zwischen den Weiden und Erlen hindurchschwamm, die am Fluß entlang wuchsen. Sie reckten ihre Kronen über das Wasser. Er fühlte, wie etwas an seinen Pfoten zog – das war der Fluß, der durch sein Bett strömte. Danach lag die weite Pfütze vor ihm, schwarz und glänzend, mit langgestreckten Wellen. Im Wasser trieb der Mond und schob sich vor Wolf her. Einmal machte er einen Sprung und jaulte leise, wütend, daß er den Mond nicht packen konnte. Dann schwamm er ruhig weiter.

Wolf sah das Floß mit dem Holzstoß darauf, das Marder am Zaun festgebunden hatte. „Prachtvoll", sagte er zu sich. „Wir werden ihren fremden Gast mit einem Freudenfeuer willkommen heißen. So ist es richtig." Hier konnte er schon wieder stehen, auch wenn ihm das Wasser noch über den Schwanz reichte. Er machte seinen Rucksack los und holte die Laterne heraus. Das Öl, das noch darin war, goß er über die Zweige. Aber seine Streichhölzer waren naß geworden. Na ja, da mußte er Kröterich doch aufwecken. Er klopfte an die Tür und trat sofort ein. „He, alter Junge", rief er laut. „Hast du ein Streichholz für mich? Ich will das Freudenfeuer anzünden, ich habe schon Öl drübergegossen."

Kröterich, der noch immer wach war, setzte sich auf und blinzelte. Mutter Schwein kroch unter ihrer Decke hervor und machte Licht an. Die anderen, die tief geschlafen hatten, wurden einer nach dem anderen wach.

„Freudenfeuer?“ fragte Eichhorn. „Ein Freudenfeuer? Wozu denn das?“

„Du willst doch nicht sagen, daß er gekommen ist?“ rief Mutter Schwein.

Wolf gab ihr keine Antwort. Er zündete einen Holzspan an der schwelenden Asche im Ofen an, und als er brannte, lief er hinaus. Die Tür ließ er offenstehen.

Die anderen, drinnen im Haus, blickten sich verwundert an. Zitternd vor Müdigkeit und von der Kälte, die hereinkam, gähnten sie immer wieder mit tränenden Augen.

„Was meint er?“ fragte Marder.

„Keine Ahnung“, sagte Kröterich.

Wolf hielt den brennenden Span in den Holzhaufen. Ein paar dünne Zweige knisterten, dann entzündete sich das Öl, Flammen loderten auf, und eine dicke Rauchwolke stieg hoch. Einen Moment sah es aus, als würde das Feuer wieder ausgehen – das Holz war wirklich sehr naß –, doch dann begann ein dicker Ast zu brennen, und Funken flogen knisternd in die Luft. Der Holzstoß brannte. Ein Teil der Riesenpfütze wurde von dem Feuer erleuchtet, ebenso die dicke Eiche im Gartenzaun und Kröterichs Haus.

Alle Tiere drängten sich in der Türöffnung zusammen und blickten nach dem Feuer, umrahmt von den Girlanden aus Silberpapier, die das Licht der Flammen zurückwarfen. So standen sie da, und in ihren Augen tanzten Flämmchen. Sie blickten ins Feuer, sie sahen Wolf, der mit seltsamen Sprüngen durch das Wasser tanzte und auf seiner Flöte blies. Er blies eine schrille Melodie, hoch und falsch.

„Ja, er kommt. Er kommt!"
Es war Marder, der das sagte. Die anderen, Kröterich und Mutter Schwein und die kleinen Tiere, betrachteten nicht mehr länger das Feuer und das beleuchtete Wasser oder Wolf, der nicht aufhörte zu tanzen und auf seiner Flöte zu spielen – sie schauten Marder an. Seine Augen leuchteten seltsam fremd, sie glänzten, als hätte er Fieber, aber das lag vielleicht am Widerschein des Feuers. Er atmete schnell und wollte ins Wasser laufen. Kröterich hielt ihn zurück.
„Marder, fühlst du dich nicht gut?" fragte er.
Und Mutter Schwein sagte: „Du hast dich heute mittag natürlich erkältet. Geh schnell unter die Decke, ich werde dir etwas Warmes machen."
„Nein, nein! Er kommt!" Marder streckte den Arm aus. Und da sahen sie ihn. Langsam kam er durch das Wasser

auf sie zu. Erst war er nur ein großer dunkler Fleck, gegen den sich seine weißen Stoßzähne deutlich abhoben, doch als er in den Lichtkreis trat, sahen sie ihn genau. Wie er seine Beine hob, die so dick waren wie Baumstämme, und die glänzenden Wassertropfen ablaufen ließ; wie er seinen Rüssel suchend ausstreckte, ihnen entgegen, als wolle er sie bereits von weitem grüßen; wie er seinen Kopf bei jedem Schritt kurz sinken ließ und ihn dann federnd wieder hob; wie ... so war nur einer.
„Was für ein wunderbarer Empfang", sagte Hannibal.

Es wurde eine Nacht, die sie nie vergessen würden.
Hannibal, müde von der Reise, sagte nicht viel. Er saß in Kröterichs bequemstem Sessel und schaute sich immer nur um, und manchmal fragte er etwas, woran sie merken konnten, daß er noch alles von ihnen wußte, er hatte nichts vergessen. Von seiner Reise würde er morgen erzählen, sagte er, dafür sei er jetzt zu müde. Mutter Schwein wärmte die Pfannkuchen auf und teilte sie aus, und Hannibal hatte einen solchen Hunger, daß kein halber Pfannkuchen übrigblieb. Wolf, der nun doch müde war und fror, saß dicht am Ofen, die Flöte noch immer auf dem Schoß, und schlief. Kröterich sagte sein Gedicht für Hannibal auf, und als er fertig war, lachte Hannibal.
Marder saß dicht neben ihm. Sie sprachen wenig, und wenn sie sprachen, war es über die belanglosesten Dinge.
Das machte nichts. Es war so gut, seine Stimme wieder zu hören. Alle wollten sie dicht neben ihm sein und der Stimme lauschen, die so hoch und so weich aus diesem großen Tier kam. Es war, als wäre er nie weggewesen.

Mario saß auf dem Rand seines Bettes am Fenster und schaute über das überschwemmte Tal des Elefantenbergs. In der Ferne brannte es, das sah er. Das Feuer spiegelte sich im Wasser, und es sah aus, als trieben die Flammen auf den Wellen. Der Lichtfleck wurde kleiner und kleiner, das Feuer würde wohl bald ausgehen.
Er war müde von der Reise, deshalb blieb er nicht so lange am Fenster. Es war schön, wieder mal in einem richtigen Bett zu liegen. Omas Laken rochen immer so angenehm, nach Kräutern und Rauch und nach altem Holz. Vielleicht auch noch nach etwas anderem, aber das fiel ihm nicht ein, er war zu müde.
Bevor Mario einschlief, kroch er noch einmal zum Fenster und kniete sich hin. Er blickte hinüber zu dem dunklen Berg in der Ferne und zu dem Mond, der über dem Waldrand hing. Mario sah, daß von dem Feuer nichts mehr übrig war. Er legte sich wieder hin, kroch unter die Decke und dachte: Jetzt werden sie gut für ihn sorgen.

Els Pelgrom wurde 1934 in Arnhem geboren. Ihr erstes Kinderbuch erschien 1962, das zweite, „Die Kinder vom achten Wald“, kam erst 1977 heraus. Für dieses Buch erhielt Els Pelgrom ihren ersten Goldenen Griffel. Den zweiten bekam sie für „Die wunderbare Reise der kleinen Sofie“. Das Buch wurde auch mit dem Deutschen Jugendliteraturpreis ausgezeichnet. Im Ravensburger Buchverlag ist zuletzt das Jugendbuch „Die Eichelfresser“ erschienen. Neben ihrer eigenen schriftstellerischen Arbeit hat Els Pelgrom noch schwedische und englische Kinderbücher übersetzt, an einer Schulbuchreihe mitgewirkt, und sie hatte eine eigene Rubrik in einer Zeitung. Heute lebt Els Pelgrom am Stadtrand von Granada, im Süden Spaniens.

Philip Hopman ist ebenfalls Niederländer. Er wurde 1961 in Egmond geboren. Von 1979 bis 1985 studierte er an der Rietveld Akademie in Amsterdam; einer seiner Lehrer dort war The Tjong Khing. Philip Hopman hat für den Ravensburger Buchverlag das Buch „Mein Vater wohnt in Rio“ von Burny Bos illustriert. Heute lebt und arbeitet der Illustrator in Amsterdam.